Prix
Excellence
Éditions de la Paix

2005

Yves Steinmetz

Yves  Steinmetz

# Mélodie
# et la
# Fontaine

Éditions de la Paix

Gouvernement du Québec

Programme de crédit d'impôt pour l'édition de livres

Gestion SODEC

Le Conseil des Arts | The Canada Council
du Canada | for the Arts

Nous remercions le Conseil des Arts du Canada de l'aide accordée
à notre programme de publication.

Nous reconnaissons l'aide financière du gouvernement
du Canada par l'entremise du Programme d'aide
au développement de l'industrie de l'édition (PADIÉ)
pour nos activités d'édition.

# YVES STEINMETZ

# Mélodie
# et la Fontaine

Collection Ados/Adultes *PLUS*, no 3

**Éditions de la Paix**

*pour la beauté des mots et des différences*

© 2005 Éditions de la Paix

Dépôt légal 1er trimestre 2005
Bibliothèque nationale du Québec
Bibliothèque nationale du Canada

Imprimé au Canada

Illustration    Pierre Girard
Graphisme     Vincent Gagnon
Révision        Jacques Archambault
                    Élise Bouthillier


**Éditions de la Paix**
        127, rue Lussier
        Saint-Alphonse-de-Granby
        Québec  J0E 2A0
        Téléphone et télécopieur  (450) 375-4765
        Courriel  info@editpaix.qc.ca
        Site WEB  http://www.editpaix.qc.ca


**Données de catalogage avant publication (Canada)**

Steinmetz, Yves

    Mélodie et la Fontaine

    (Ados/adultes, PLUS ; no 3)

    Comprend un index

    ISBN 2-89599-008-5

    I.Titre. II. Collection.

PS8637.T45M44 2005        jC843'.6    C2005-940283-0
PS9637.T45M44 2005

À ma petite-fille,

Tashika,

avec amour.

# PRÉFACE

Tout le monde a déjà souhaité assouvir une vengeance. Une vengeance pour une injustice subie, pour un geste ou pour une parole blessante. Une vengeance aide souvent à oublier le passé ou simplement à l'adoucir. Mélodie, elle, souhaite se venger parce qu'on lui a volé sa dignité à l'âge de treize ans, le soir où elle a été violée. Jamais elle ne pourra retrouver ce qu'on lui a pris, alors elle souhaite se rendre justice en punissant ses agresseurs.

Le jour où elle découvre la Fontaine, sa vie change. Elle apprend à respecter et à pardonner, ce qui l'amène à accepter le passé... sans pour autant l'oublier. Pardonne et tue, dit la Chamane...

Ce livre, en nous montrant l'importance du pardon, nous offre une grande leçon de vie. Les personnages sont attachants, tout autant que l'histoire. C'est un roman fantaisiste, teinté de dramatique, d'émotion et d'amitié. L'auteur, qui a vécu sa jeunesse en Afrique, utilise une écriture différente, mais elle reste simple et touchante.

Je recommande ce livre autant aux amateurs de fantaisie qu'à ceux et celles qui recherchent le réel. Il se situe entre les deux, racontant à travers la magie une histoire qui pourrait arriver à tout le monde.

Karolane Gagné-Brault, 14 ans

# La Fontaine

Mélodie Courtenay n'est pas beaucoup une fille comme les autres. Pas du tout, même. En fait, elle est tellement différente qu'on en a peur.

Elle est grande, élancée et incroyablement souple. Chaque pas qu'elle fait est un pas de danse ; chaque mouvement, une glissade aérienne ; chaque geste, un numéro digne du meilleur mime. Et chaque regard, un feu d'artifice.

Mélodie a des yeux verts, très lumineux, que tous qualifient de *fluo*. Quand elle dévisage quelqu'un, ce dont elle ne se prive pas, elle fait baisser les yeux aux plus téméraires. On a l'impression que si l'on soutient son regard trop longtemps, on va devenir aveugle.

Elle a aussi des cheveux noirs qui lui descendent plus bas que la taille. Ils sont si foncés qu'ils paraissent bleus. Elle ne les a jamais attachés et la moindre brise leur donne une vie propre. Lorsqu'aucun vent ne les agite, ils ondulent là où les a laissés le dernier courant d'air. Propres et sagement brossés, mais irréductiblement indépendants. Des cheveux qui ont chacun leur vie et ne doivent rien à leurs voisins. Des cheveux qui ont chacun la personnalité de celle qui les porte.

Mélodie n'est jamais à la mode. Elle portait des salopettes bien avant que tout le monde n'en porte, et maintenant que ce n'est plus à la mode, elle continue à en porter. Parfois, à l'école, quelqu'un risque un commentaire sur son accoutrement. Mélodie se contente de lancer un regard. Celui qui a émis le commentaire ne s'y risquera plus jamais. Les regards de Mélodie peuvent faire très mal.

Mélodie a été violée. Elle avait treize ans. Trois gars soûls l'ont prise chacun à leur tour, dans un Westfalia, au bord du chemin. Elle n'a pas essayé de se défendre. C'était inutile. Elle a subi sans bouger, le couteau sur la gorge. Il faisait noir, elle n'a pas vu les visages.

Double malchance, elle est tombée enceinte. Le travailleur social l'a emmenée un matin à la clinique d'avortement. Ça a duré huit minutes. On l'a passée à l'aspirateur. Toute sa tendresse est partie avec un peu de sa chair dans le tuyau de la machine. Il lui reste sa haine. Elle se vengera.

Le travailleur social l'a interrogée. Elle n'a livré aucun détail.

— Si tu te souviens de quelque chose, tu me le communiqueras ?

— Non.

— Mais il faut essayer d'arrêter les malfaiteurs !

— Même si on les arrête, on les relâchera. Ils recommenceront.

— Tu pourrais au moins aider la police.

— Non, je les retrouverai, moi. Moi seule.

— Que feras-tu alors ?

— Je les tuerai.

La psychologue de l'école a essayé de lui faire changer d'avis. Elle n'a pas réussi. Inutile de discuter. Mélodie est toujours très calme quand on la questionne. En fait, depuis cette horrible nuit où elle a dû rester inerte sous la menace de l'arme, ce grand calme ne l'a plus quittée. La perspective de sa vengeance n'est pas une hypothèse, encore moins un rêve. C'est simplement une certitude.

Mélodie a maintenant seize ans. Depuis trois ans, elle aiguise son intuition. Plus rien ne lui échappe. Elle devine les pensées des autres et les leur expose avant qu'ils n'aient pu ouvrir la bouche. Elle s'approche du téléphone juste avant qu'il sonne. Mélodie est, en somme, extraordinairement attentive. Elle a appris, en se repliant sur elle-même, qu'on peut pressentir tout ce que les gens ne devinent jamais parce qu'ils ne sont pas concentrés. Elle sait maintenant que le jour où elle rencontrera ses bourreaux, elle le saura. Et alors elle se vengera.

Comment se vengera-t-elle ? Elle l'ignore encore. Ce n'est pas important, d'ailleurs. Mélodie sait qu'elle est en train de développer des pouvoirs redoutables auxquels elle pourra faire appel quand le moment sera venu.

Mélodie est adulte. Son adolescence, elle aussi, est partie dans le tuyau de l'aspirateur. Son amoureux, Olivier, a vingt-deux ans. À l'école, les profs et les élèves de quatrième secondaire ont appris d'instinct qu'il ne fallait pas la traiter comme une adolescente. Ceux qui ne l'ont pas compris assez vite ont eu droit à un regard de glace qu'ils n'oublieront pas de sitôt. Il ne faut jamais s'attirer le regard de Mélodie Courtenay. Le regard-qui-tue, commencent à dire certains qui ont eu à l'affronter.

Pour le reste, Mélodie se comporte comme les gens de son âge. Elle participe à tous les *shows* de musique *punk*. Elle est de tous les *trash*, et quand elle monte sur la scène pour plonger dans la foule, douze paires de bras sont toujours là pour la cueillir. Malheur à celui dont les mains s'égarent : il finira la soirée dans l'inconfort le plus complet. Content seulement que le regard-qui-tue ne l'ait pas tué.


Mélodie est de loin la meilleure de sa classe et n'en tire aucune gloire. Dernièrement, le prof de math, Michel Provost, l'a félicitée publiquement, croyant lui faire plaisir. Et espérant se servir d'elle comme exemple.

— Cent sur cent dans ton test, Mélodie. Bravo ! Il y en a au moins une qui étudie !

— Je n'ai pas étudié une minute, a calmement répondu Mélodie. D'ailleurs je n'étudie jamais. Je laisse ça à ceux qui ont du temps à perdre.

— Mais comment fais-tu, alors ? s'est inquiété le prof, vexé de voir contester ses bons principes.

— J'écoute. Ceux qui niaisent en classe ont bien du plaisir, mais ils ne comprennent pas qu'ils gaspillent leur temps à étudier par la suite ce qu'ils auraient pu apprendre du premier coup. J'ai bien trop de choses à faire en dehors de l'école pour pouvoir me permettre d'étudier.

— Je me suis mal exprimé, alors, a corrigé le prof, essayant de se reprendre. J'aurais dû dire : « Il y en a au moins une qui écoute ». Mais pour les exercices, tu as dû travailler pour trouver les réponses aussi facilement ! C'était un test d'une heure, et tu l'as terminé en dix minutes. Et sans calculette.

— Il n'y a pas de travail là-dedans. Il suffit de voir. Tu vois le problème, et en même temps, tu vois la solution. Les démarches de calcul compliquées, c'est pour ceux qui sont aveugles. Et les calculettes aussi. Moi, je vois et j'écris ce que je vois. C'est plus simple, et je ne perds pas mon temps.

— Serais-tu visionnaire ? a tenté d'ironiser le prof.

— Non, pas du tout, je suis voyante, simplement. Ne te fatigue pas à me prendre comme exemple, Michel : ils sont trop jeunes. Ils ne peuvent pas comprendre.

Et Mélodie a lancé le regard-qui-tue. Le prof a baissé les yeux et n'a pas insisté. La redoutable légende de Mélodie a encore grandi ce jour-là...

Mélodie est crainte et respectée, mais a peu d'amis. Pourtant, à l'école, elle s'est liée d'amitié avec Johan Latendresse. Un petit bonhomme de deuxième secondaire, agité, rieur et souffre-douleur.

Tout le monde lui joue des tours, parfois cruels, mais Johan s'efforce d'en rire, tant est grand son besoin d'amitié. Pourquoi se moque-t-on de lui ? On ne sait pas au juste. Peut-être tout bêtement parce qu'il n'a pas le *look* à la mode...

Johan n'a ni muscles, ni blonde, ni *scooter*. Il ne fume pas, n'aime pas la bière, s'habille *kétaine* et, en classe, il est *bollé*. Il est aussi petit, blond et grassouillet que Mélodie est grande, noire et mince. Johan n'aurait jamais osé rêver devenir ami avec Mélodie. C'est pourtant ce qui est arrivé.

Un jour, il y avait du pouding comme dessert à la cafétéria. Encore ! C'était la troisième fois cette semaine-là. La plupart laissaient le dessert sur le comptoir avec dédain, mais Johan, qui n'avait pas d'argent pour son dîner, s'était arrangé avec une douzaine de copains pour récupérer leur pouding. Ils avaient accepté par jeu, et Johan s'était gavé de ce dessert douceâtre et tremblotant.

Mélodie, qui en général ne s'occupe jamais des affaires des autres, est sortie, amusée, de sa réserve.

— Douze poudings ! Tu manges comme un cochon !

— Pourquoi dis-tu ça ? a répliqué Johan. Tu connais une autre manière ?

La réponse, en temps normal, n'aurait fait rire personne. Johan n'était pas un leader. À l'école, ils sont comme ça : ils ne rient que des farces des gens importants. Mais Mélodie, surprise, a éclaté de rire. Tout le monde l'a aussitôt imitée. Il paraît que quand Mélodie rit, ce serait une faute grave de ne pas en faire autant...

Mélodie a trouvé drôle que ce petit bonhomme rondelet ose lui parler comme à n'importe qui.

Personne ne fait jamais ça. Le lendemain, elle a rencontré Johan et lui a lancé :

— Salut, Pouding ! Bien digéré ?

— Super bien, a répondu Johan, sans penser à protester pour le surnom.

Cette anecdote banale a finalement changé bien des choses. Mélodie y a gagné un ami fidèle. Pouding y a gagné, outre son sobriquet, une certaine popularité et surtout, beaucoup de respect. Il est désormais le protégé de Mélodie.

Mélodie, en dehors de l'école et des spectacles de musique, ne voit presque personne, à part Olivier et Pouding. Il y a aussi Sylviane, qu'on appelle Sylf. Une grande belette dans son genre, rousse comme une renarde, vêtue de châles multicolores et décorée d'anneaux un peu partout sur le corps. Sylf inquiète autant que Mélodie. D'ailleurs on les appelle les sorcières. Elles le savent, et cela les amuse.

Quand Mélodie s'en va errer dans les bois, elle y va toujours seule. En raquettes l'hiver, en bottines l'été. Parfois en sandales ou même pieds nus. Elle emporte un léger sac à dos contenant une boussole, une machette, quelque chose à grignoter. Jamais d'eau. Cela, elle sait où en trouver. Depuis un peu plus d'un an, Mélodie a découvert la Fontaine.

C'était en plein hiver. Elle avait inspecté son territoire et avait été déçue. La veille, elle avait tendu dix collets sous les sapinages. Pas un lièvre ne s'y était laissé prendre. Pourtant Mélodie connaissait bien son rendement : elle faisait toujours au moins trois sur dix. Quand elle voulait trois lièvres, elle tendait dix collets et venait chercher ses trois proies le lendemain. Sur les trois, il y en avait toujours une pour la renarde.

On était en février. La renarde, qui avait sa tanière dans la prucheraie, près du ruisseau, devait être fécondée. Il fallait qu'elle mange bien. Mélodie lui apportait un lièvre, qu'elle déposait à l'entrée de la galerie. Du fond de la terre, la renarde l'observait timidement. Mélodie se reculait, et la renarde sortait, l'observait longuement, puis reniflait la proie soigneusement avant d'y mettre la dent. Mélodie lui parlait doucement, et la renarde levait parfois la tête pour l'écouter quelques instants. L'animal connaissait maintenant le son de sa voix et, au premier appel, se montrait, au détour de sa galerie, à distance prudente. Les deux femelles avaient beau être aussi sauvages l'une que l'autre, les renards et les humains ne devaient se côtoyer qu'avec la plus extrême prudence. C'était une loi de la nature. Et aussi une sorte de compromis : Mélodie nourrissait la renarde, et la renarde évitait de piller les collets de Mélodie.

Mais ce jour-là, aucun lièvre n'était pris. Donc les chemins que les animaux avaient tracés dans la neige n'étaient qu'occasionnels. Il fallait trouver leurs itinéraires principaux.

Des fois, les lièvres deviennent nerveux, à cause de la présence d'un prédateur ou d'un trappeur. Ou simplement parce que la pleine Lune leur a mis la tête à l'envers. Ils peuvent alors déplacer leur territoire et aller s'installer un ou deux kilomètres plus loin.

Mélodie avait récupéré ses collets et s'était mise à lire les chemins des lièvres. Ils menaient vers un escarpement qu'elle n'avait jamais dépassé.

Ils doivent être de l'autre côté, se dit Mélodie. En plein hiver, ils ne resteront pas sur une colline. C'est trop exposé. S'il y a suffisamment de broussailles de l'autre côté, ils se sont sûrement installés là-bas.

Mélodie gravit la colline. De l'autre côté, le paysage était bien différent du fouillis de petits cèdres, des trembles et des bouleaux, dominés par de majestueux pins sylvestres. Quelques pruches aussi. Et au sol, beaucoup de framboisiers. De quoi abriter tous les lièvres de la région. En effet, les chemins y étaient très distincts, montrant que les animaux les empruntaient toutes les nuits. Mélodie en suivit un, pour s'informer des habitudes de ses futures victimes. C'est ainsi qu'au bout d'un sentier, elle découvrit la Fontaine.

Elle coulait doucement, malgré le gel intense de février. Ce n'était pas seulement une source sauvage. Il était visible que quelqu'un l'avait aménagée et l'entretenait. Elle se composait de deux vasques. La première, large d'un mètre et longue de deux, était surélevée. On l'avait cernée et tapissée de pierres plates si parfaitement assemblées que pas une goutte d'eau ne s'en échappait. Cette première vasque se déversait dans une seconde, au niveau du sol, que prolongeait un ruisseau, lequel allait se perdre sous la neige un peu plus loin. De nombreuses pistes montraient que la deuxième vasque servait d'abreuvoir à toute la faune environnante. La première, au contraire, semblait n'être là que pour offrir au visiteur le spectacle d'une eau parfaitement pure.

Le plus curieux était que la Fontaine n'était pas gelée. Mélodie y plongea la main et eut la surprise de découvrir que l'eau, loin d'être glacée, était simplement fraîche. Elle paraissait même presque tiède, en comparaison du froid ambiant. On aurait pu s'y baigner.

Sans doute une source thermale, se dit Mélodie. Le phénomène n'est pas rare. Mais ce qui est étonnant, c'est que personne ne connaisse cette fontaine dans la région. Pourtant quelqu'un doit bien la connaître, puisqu'elle est si bien entretenue.

Elle fut tentée de tendre ses collets sur les chemins de lièvres qui rayonnaient autour de la Fontaine. Mais elle y renonça. Des pistes de chevreuils, renards, coyotes et ratons laveurs montraient que les lièvres n'étaient pas seuls à utiliser la Fontaine. Ces animaux eussent tôt fait de détruire les collets. Cela aussi aurait été malhonnête. Trapper les animaux sur le chemin de leur survie ne leur laisse aucune chance. On peut prendre un lièvre sur le chemin de ses routines quotidiennes. Le prendre là où il est obligé d'aller n'a pas de sens. Faites-le, et bientôt il n'y aura plus de lièvres.

Finalement, Mélodie n'a tendu aucun collet. Elle était trop troublée par sa découverte, et n'a voulu la partager avec aucune autre préoccupation.

Elle est repartie et, en passant, a déposé ses biscuits au gruau devant le gîte de la renarde. Ce n'est pas un festin pour elle, mais le goût sucré des biscuits lui a plu. Elle a accepté que, pour une raison lui échappant, il n'y aurait pas de lièvre aujourd'hui. Un animal sauvage, s'il veut le rester, doit savoir accepter ces choses-là.

*Deux*

# Chamane

Pouding est de plus en plus attaché à sa nouvelle amie. Il l'attend tous les matins à la porte de l'école.

— Salut, Mélodie. Qu'est-ce que tu as fait hier ? Je t'ai appelée.

— Oui, je sais. Je n'étais pas libre. J'étais dans les bois.

— Qu'est-ce que tu fais, dans les bois, tout le temps que tu y passes ?

— Du trappage et aussi d'autres choses.

— Je pourrai y aller avec toi ?

— Non. Impossible. Je n'ai pas la permission.

— La permission ? Et qui te la donne, la permission ?

— Les bois.

— Je ne comprends pas !

— Il n'y a rien à comprendre, Pouding. Dans la vraie vie, c'est comme ça. Quand tu as la permission, tu le sais et tu y vas. Quand tu ne l'as pas, tu n'y vas pas.

— Mais c'est quoi la vraie vie, Mélodie ? Tu en parles tout le temps...

— Pas celle que tu mènes en ce moment.

— Tu m'apprendras ?

— J'ai déjà commencé.

— C'est compliqué !

— Non, au contraire, c'est simple. Ce qui est compliqué, c'est de perdre son temps avec tout ce qui n'est pas la vraie vie.

— Je pourrai un jour y aller avec toi, dans les bois ?

— Oui, bien sûr. Quand j'aurai la permission.

— Olivier, il y va avec toi ?

— Non, il n'a pas la permission non plus.

— Il n'est pas fâché ?

— Non. S'il se fâchait pour ce genre de choses, je ne sortirais pas avec lui.


Le printemps a repris force et vigueur. Les oiseaux noirs, carouges, quiscales, vachers sont revenus. Les saules donnent leurs premiers bourgeons. Les premières chauves-souris hantent les nuits. On n'attend plus que les hirondelles.

Mélodie a fait ses devoirs pendant le cours de morale qu'elle n'écoute jamais. À quatre heures, elle est déjà dans les bois. En ce moment, elle prend des rats musqués qu'elle écorche sur place. Elle tanne les peaux elle-même et en aura bientôt assez pour se faire un manteau pour l'hiver prochain. Elle dépose les dépouilles de ses prises devant le terrier de la renarde. Ses bébés doivent être nés, à présent, et elle a besoin de beaucoup de nourriture pour les élever.

Mélodie enfourne les peaux dans son sac et s'en va lire les chemins de lièvres. Quand il n'y a plus de neige, c'est beaucoup plus difficile. Mais il est important de ne pas perdre la lecture. On ne trappe pas le lièvre à cette saison. Chaque mère tuée représente une portée condamnée. Il faut attendre un mois sans perdre la vision de leurs chemins. Quand les rats musqués commenceront à muer, Mélodie reviendra aux lièvres.

Elle retend ses pièges à rats musqués, puis se dirige vers la colline. Elle la franchit, étudie à nouveau les sentiers, puis s'en va retrouver la Fontaine qui est devenue le but de toutes ses randonnées. Elle s'abreuve dans la première vasque, puis remplit sa bouteille. Elle va alors à la deuxième vasque, puise l'eau avec ses mains et se lave longuement le visage.

— Je t'attendais, dit une voix derrière elle.

— Moi aussi, je t'attendais, dit Mélodie sans se retourner. Ça fait plus d'un an que je te vois entretenir la Fontaine sans jamais te rencontrer. Je savais qu'on se parlerait un jour.

— Et moi, ça fait plus d'un an que je t'observe. Tu as respecté la Fontaine et ceux qui en dépendent. Tu as mérité que je te parle.

— Je peux te voir ?

— Oui, retourne-toi.

Une femme est assise sur le tronc d'une pruche abattue par l'âge, les termites et la dernière tempête. Elle est petite, presque naine, et très vieille. Ridée comme une pomme oubliée. Elle est vêtue de peaux de chevreuil. Ses yeux sont noirs et vifs. Ses cheveux, noués en nattes, sont blancs. Elle est édentée et souriante. Elle porte en bandouillière un grand sac de peau, cousu de perles.

— Viens m'aider, petite. Il faut que je me lève. Donne-moi mes mocassins. J'étais en train de me laver les pieds quand tu es arrivée. Mes vieux pieds ont besoin de l'eau de la Fontaine, sinon ils ne pourront plus me porter.

Mélodie aide la vieille à se chausser. Elle époussette les pieds minuscules pour les débarrasser des aiguilles de pin qui s'y sont collées. Puis elle lui enfile les mocassins de buckskin. Elle le fait avec tendresse, car elle sait déjà que la vieille est là pour être aimée. Elle l'embrasse sur la joue et lui tend son bâton.

— Tu es gentille, Mélodie. Je vais avoir besoin de ton aide.

— Comment connais-tu mon nom ?

— Je l'ai VU dans mes rêves. Cela ne doit pas te surprendre. Tu sais ce que VOIR veut dire.

— Oui, je sais. Toi, comment faut-il t'appeler ?

— Jadis, j'étais Pied-de-Lièvre, fille de Petit Nuage. Mais je n'ai plus de nom, maintenant qu'il n'y a plus personne pour le prononcer. Tu m'en donneras un.

— Tu es chamane, n'est-ce pas ?

— Oui, si l'on veut.

— Mais moi, je veux.

— Alors je suis chamane. On n'est jamais chamane que si quelqu'un le veut. Sinon, on n'a plus qu'à mourir.

— Mais moi, je ne veux pas que tu meures, Chamane.

— Alors je vivrai encore un peu, Mélodie. Mais il faudra que tu me remplaces un jour. Ma fille Euphorbe devait me succéder, mais elle n'est plus de ce monde. Quand tu prendras ma relève, je pourrai mourir l'âme en paix.

— Je te remplacerai, Chamane, mais ne meurs pas trop vite. Je t'aime.

— Déjà ? Alors tu es peut-être bien la petite que j'attendais depuis si longtemps. Aide-moi, Mélodie. Il y a des années que je n'ai plus la force de me baigner.

— Dans la Fontaine ?

— Mais oui ! Où voudrais-tu ?

— Pardonne-moi, Chamane. Je suis troublée.

— Tu m'appelles Chamane, petite. Alors, pour toi, je serai Chamane. Un nom n'est un nom que si quelqu'un te le donne. Aide-moi, à présent. Il faut que je me baigne. Il y a si longtemps ! J'étais si seule...

Mélodie aide la vieille à se déshabiller et la porte dans ses bras pour la déposer dans la Fontaine. Elle est légère comme une balle de mousse dans le nid d'un huard.

— Veux-tu que je te lave ?

— Non, petite, ce n'est pas nécessaire. À présent j'ai la force de le faire moi-même. Depuis quelque temps, je ne pouvais plus que tremper mes pieds dans la petite vasque.

— Pourquoi étais-tu si faible ?

— Parce que je n'avais personne pour me donner un nom et le prononcer. Et aussi parce que personne ne connaissait la Fontaine. Je n'en pouvais plus de l'entretenir pour moi toute seule.

— Si tu veux, Chamane, je l'entretiendrai pour toi, si tu me donnes la permission.

— Je te la donne, petite Mélodie. Si la Fontaine n'est plus entretenue, elle gèlera et mourra l'hiver prochain. Alors nul ne pourra plus profiter de ses pouvoirs. Et beaucoup d'animaux mourront. Et moi aussi. Et toi aussi, si tu deviens la gardienne de la Fontaine.

— Je veux devenir la gardienne de la Fontaine.

— Tu seras la gardienne de la Fontaine, Mélodie.

— Mais toi, que feras-tu ?

— Je t'enseignerai la vie, Mélodie, puis je disparaîtrai.

— Mais que ferai-je sans toi ?

— Tu seras moi, Mélodie, alors la question ne se posera plus. Ta vie deviendra la suite de la mienne. Comme la mienne a été la suite de celle de Poanda.

— Mais j'ai une tâche à accomplir dans ma vie à moi, Chamane.

— Oui, je sais. Ta vengeance.

— Comment sais-tu ?

— Je l'ai lu dans tes rêves. Tes tourmenteurs sont très proches de toi. Quand je t'aurai initiée, tu auras le pouvoir de les reconnaître.

— Je l'ai déjà !

— Oui, mais la haine te domine encore. Ton pouvoir ne te servirait à rien. Je t'apprendrai à pardonner.

— Je ne veux pas pardonner. Je veux les tuer.

— Tu ne pourras pas les tuer si tu ne leur pardonnes pas d'abord. Si tu continues à vivre pour ta haine, tu mourras avant eux, étouffée par cette même haine.

— Tu les connais ! Je sais que tu les connais !

— Bien sûr que je les connais.

— Dis-moi leur nom. Qu'on en finisse.

— Si je te disais leur nom, petite, tu ne pourrais plus rien contre eux. Il faut que je sorte de la Fontaine, à présent.

— Veux-tu que je t'aide ?

— Non, petite, j'ai repris assez de force. Donne-moi seulement mon sac.

La vieille sort de la Fontaine avec une souplesse surprenante et s'ébroue dans le soleil de fin de journée.

— Tu devrais prendre un bain, toi aussi, Mélodie. Tu seras plus forte, après.

Mélodie se déshabille tandis que Chamane se revêt de ses oripeaux. Elle se plonge dans la Fontaine et ressent aussitôt les effets de l'eau limpide. Ce n'est ni chaud ni froid, mais étrangement piquant. Ce n'est pas vraiment comme un massage, mais on dirait qu'un léger courant électrique parcourt chacun de ses muscles, les relaxant et les stimulant à la fois. Mélodie met ses mains en coupe et puise un peu d'eau devant elle. Elle boit. Le feu qui aiguillonnait son corps la chauffe maintenant de l'intérieur. Elle sort de la margelle et, comme Chamane, se laisse sécher quelques instants au soleil couchant. Il fait un peu froid, mais Mélodie ne ressent que la chaleur de la Fontaine dont elle s'est imprégnée.

— C'est étrange, Chamane, je me sens forte et surtout propre. Je crois que je n'ai jamais été aussi propre depuis que les violeurs m'ont prise.

— L'eau de la Fontaine, Mélodie, lave à la fois le corps et l'esprit.

Mélodie repart sans demander à Chamane où elle habite ni si elles se reverront. Se revoir fait partie des choses qui arrivent sans qu'on les provoque. Si elles n'arrivent jamais, c'est qu'elles n'avaient pas à le faire.

Elle sait seulement que chaque jour, elle viendra se baigner, boire l'eau de la première vasque et entretenir la margelle.

Elle salue la renarde au passage. Les petits sont nés et ont déjà les yeux ouverts. Ils ne se montrent pas encore, mais on les entend jouer au fond de la tanière. Dans cinq jours, ils connaîtront la lumière. La renarde sort au son de la voix de Mélodie. Elle semble moins sauvage. Elle s'approche lentement et vient lui flairer les pieds. Mélodie s'accroupit très lentement et pose le bout des doigts sur la tête de son amie.

— Tu n'as plus peur de moi, Renarde. Je sais pourquoi. Nous vivons toutes les deux de la même eau, maintenant. Je suis sûre que Chamane t'a déjà dit la même chose.

Renarde lève les yeux vers Mélodie et lui lèche la main, puis se coule dans son terrier.


Gaston Courtenay accueille sa fille sans lui poser de question. Il a compris depuis longtemps qu'il était inutile de lui demander d'où elle vient et si elle a fait ses devoirs. Il l'embrasse et se contente de lui demander :

— Combien de peaux, aujourd'hui ?

— Quatre. Les dernières.

— Pourquoi, les dernières ? Ah ! Oui, je comprends. Tu en as assez pour ton manteau ?

— Non, il n'y aura pas de manteau.

— Tu as changé d'avis ?

— Non, pas vraiment, mais les rats musqués et moi, nous buvons la même eau, maintenant. Alors je ne peux plus les tuer.

— Si tu penses que c'est mieux ainsi...

— Oui, c'est beaucoup mieux.

— Mais que vas-tu faire de toutes les peaux que tu as déjà ?

— Les donner. À une amie. À propos, Gasse, je voudrais me construire un poulailler.

— Je ne vois pas le rapport...

— Il y en a un, fais-moi confiance.

— Tu m'expliqueras ?

— Peut-être plus tard. Pas maintenant.

— Je t'aiderai pour ton poulailler. Tu veux produire quoi ? Des œufs ou des poulets ?

— Les deux. Mais surtout des poulets.

— Pour nous ?

— Non, pour une amie.

— Elle est bien chanceuse, ton amie ! Des fourrures, des poulets...

— Ce n'est pas pour la même amie. J'en ai deux.

— Je les connais ?

— Non.

— Dis-moi toujours comment elles s'appellent : peut-être que...

— Celle des fourrures, c'est Chamane. Celle des poulets, c'est Renarde.

— Drôles de noms ! Elles ont de la chance, en tout cas. Mais, dis-moi, Mélodie, cette Renarde, si je comprends bien, c'est celle à qui tu offrais un lièvre sur trois ?

— Tu as compris, Gasse.

C'est ça l'avantage avec Gaston. Il ne comprend que la moitié de la vérité, mais ne cherche jamais à percer l'autre moitié. Il est respectueux des secrets des autres, Gaston. Pas comme Germaine, la mère de Mélodie, qui veut toujours tout savoir. Avec Gaston, il n'est même pas nécessaire de conclure un pacte de silence. Il ne dira rien. Il est tout sauf bavard. Gaston aime sa fille. Il écoute ce qu'elle veut bien lui révéler, et son amour fait le reste. Il accepte et se tait.

Mélodie monte vers sa chambre en saluant sa mère au passage.

— Si tu veux prendre ta douche, Mélodie, la place est libre.

— Pas la peine. C'est déjà fait.

— C'est déjà fait ? Mais chez qui ?

— Chez personne.

— Chez personne ? Mais où, alors ?

— Dans le bois.

Germaine lève les yeux au ciel. Elle estime qu'une jeune fille doit se laver soir et matin. Mais elle sait aussi que les adolescentes ont parfois d'étranges lubies. Elle enrage de ne pas être dans la confidence, mais prend son mal en patience. Pauvre Germaine ! Il va lui en falloir de la patience. Il va se passer des années avant que sa fille ne prenne une douche chez elle.

*Trois*

# Le jeu des Lettres

Vendredi soir, dix heures. Mélodie reçoit ses amis. Elle a obtenu de ses parents de pouvoir disposer du sous-sol tous les vendredis soirs, sans qu'on lui pose de question et sans qu'on vienne l'interrompre. Il n'a pas été facile de faire accepter cela à Germaine, mais Gasse a tout arrangé, avec sa patience habituelle. Il a fallu négocier. Germaine n'a capitulé qu'après un combat opiniâtre.

— Mais qu'est-ce qu'ils font, dans le sous-sol, la moitié de la nuit ? Deux gars et deux filles. Tu ne crois pas que...

— Mais non, Maine. Tu te tracasses pour rien.

— Je me tracasse peut-être pour rien, mais je suis sa mère. J'aimerais quand même savoir...

— Il ne faut pas toujours savoir, Maine. Avec les jeunes, quand tu sais tout, tu n'en dors plus la nuit. Et eux finissent toujours par s'en sortir. Alors toi, tu te rends compte que tu as rongé ton oreiller pour rien.

— Quand même, Gasse, depuis que les voyous l'ont prise, Mélodie n'est plus la même. Je ne voudrais pas qu'on lui vole ce qui lui reste d'elle-même.

— Eh non, elle est plus la même. Tu as bien raison. Elle en a perdu d'un côté, elle en a regagné de l'autre. Quand est-ce que tu vas te décider à vivre avec la nouvelle Mélodie ? Crois-moi, elle est encore plus belle que la précédente.

— C'est toi qui le dis ! Ma petite fille...

— Ta petite fille, Maine, elle est devenue ta grande fille un peu plus tôt que prévu. Et elle fait l'amour avec Olivier. C'est plutôt rassurant, non ? Après ce qui s'est passé, elle aurait aussi bien pu rejeter tous les hommes. Tu aurais aimé ça, que ta fille devienne indifférente ?

— Des fois, je me demande...

— Arrête-moi ça, Maine ! Mélodie est peut-être bizarre, mais elle a Olivier. Moi, ça me rassure.

— Oui, mais les deux autres ?

— Pouding, il est inoffensif. C'est encore un bébé. C'est le petit protégé de Mélodie. Et Sylf, à mon avis, ce n'est pas le genre à essayer de faire des choses ni avec Olivier, ni avec Pouding. Alors pourquoi tu t'inquiètes ?

— Je m'inquiète parce que je ne sais pas ce qu'ils font, tous les vendredis soir.

— Maine ! Écrase un peu ! Si tu savais tout de tous ceux qui t'entourent, tu en serais malade ! Crois-moi, moins tu en sauras, mieux tu te porteras. Allez, viens voir le film à la télé.


Il y a, au sous-sol, une grande table de salon, basse et ronde. Mélodie y dispose, en cercle et dans l'ordre alphabétique, les jetons du *Scrabble*. Au milieu, se trouve un petit verre à pied, posé à l'envers.

Mélodie allume quatre chandelles, débranche le téléphone, tamise l'éclairage. Elle met le feu à un petit charbon sur lequel elle versera un peu d'encens.

C'est la première fois que Pouding vient jouer aux Lettres.

— C'est comme le *Ouija*, si je comprends bien ?

— Non, pas du tout, explique Mélodie. Le *Ouija*, c'est pour s'amuser. Nous, nous jouons pour vraiment apprendre des choses.

— Comment on fait pour savoir si l'esprit est là ou non ? Il n'y a que des lettres.

— On n'a pas besoin d'esprit, Pouding. D'ailleurs, le prétendu esprit, il n'est jamais là. Il n'y en a pas, d'esprit. Sinon comment ferait-il, quand on lui demande s'il est là, pour répondre non, quand il n'est pas là ? S'il répond, c'est qu'il est là. S'il répond non, c'est qu'il est menteur !

— Ouais, c'est vrai, ça. Ce n'est pas logique.

— C'est pas logique, certain ! Il n'y a pas un esprit mystérieux qui dirige le jeu des Lettres, Pouding. Il y en a quatre. Les nôtres. Quatre esprits qui savent où ils veulent en venir, c'est mieux qu'un seul qui ne sait pas de quoi il parle. Pas d'accord ?

— Oh ! Si ! Je demandais ça comme ça, parce que j'ai pas l'habitude de jouer comme vous autres.

— Oublie l'idée de jouer, Pouding, intervient Olivier. Ce soir, on ne joue pas, on travaille.

Olivier ne parle pas souvent. Avant d'intervenir dans une discussion, il attend toujours que les deux interlocuteurs aient épuisé leurs arguments. Alors seulement, il donne son point de vue et met généralement tout le monde d'accord. Olivier est un grand noiraud aux yeux sombres. Il est maigre comme un paquet de cure-dents. Il ressemble tellement à Mélodie qu'on pourrait les prendre pour frère et sœur. Seule différence, Olivier a le cheveu frisé serré, et porte un des plus beaux afros de la région.

— Faudrait se mettre à table, dit Sylf, si on veut avoir le temps de travailler un peu.

Les jeunes s'assoient par terre autour de la table et se concentrent, les yeux fermés, plusieurs minutes, avec une petite musique d'ambiance, de relaxation. Puis ils commencent.

— Qui veut faire une demande ? questionne Mélodie à voix basse, presque dans un souffle.

— Moi, j'aimerais bien, dit Sylf sur le même ton. Je pense rompre avec mon ami, mais je ne suis pas sûre de moi. J'aimerais connaître ses intentions.

— La chose importante, c'est de savoir ce que lui pense de toi. Je vais poser la question.

Mélodie explique, pour le bénéfice de Pouding.

— Mettez chacun un doigt sur le pied du verre, de façon à ce que vos mains se touchent. C'est important : il faut qu'il y ait un contact entre chacun de nous. Le coude ne doit pas être appuyé, pour ne pas freiner le mouvement.

Tous se mettent en position, et Mélodie peut continuer.

— Je demande à nos quatre esprits réunis si l'ami de Sylf, Jonathan Plourde, l'aime encore.

Les quatre mains semblent hésiter. Un mouvement encore indécis s'amorce. Le verre se met à glisser dans plusieurs directions, en s'arrêtant souvent. On dirait qu'il étudie toutes les possibilités. Il finit par choisir. Il va lentement se placer, après bien des détours, devant la lettre O, représentant la réponse oui.

Pour éviter les confusions, le O n'est pas à sa place, à côté du N, symbole de non, mais à la fin de l'alphabet, entre le Z et le A. On empêche ainsi que le verre s'arrête à égale distance du N et du O, donnant une réponse absurde ou équivoque. Tous ceux qui ont joué aux Lettres savent que souvent la réponse se trouve quelque part entre le oui et le non. Si les deux lettres sont voisines, il est souvent impossible de savoir de quel côté penche la balance.

— La réponse est oui, dit Mélodie, mais après beaucoup d'hésitation. Fais bien attention, Pouding, n'essaie pas de pousser ou de retenir le verre. On fait souvent ça à la première partie, et ça dérange beaucoup. Je pose une autre question. Jonathan est-il attiré par une autre fille ?

Cette fois, la réponse est oui, très clairement.

— A-t-il l'intention de sortir avec elle ?

C'est un oui encore moins hésitant que le premier.

— Se décidera-t-il bientôt ?

Oui très net.

— Sylf, veux-tu connaître le nom de la fille ?

— Oui, j'aimerais ça.

— Quel est le nom de la fille qui attire Jonathan Plourde ?

Le verre glisse très lentement, hésite, repart et opte pour la lettre M. Puis, un peu plus franchement, il désigne le A, ensuite le G. Le mouvement s'accélère encore...

— Magali ! Je n'aurais jamais cru ça ! gronde Sylf.

— Oui, dit Pouding, mais quelle Magali ? Il y en a deux, à l'école.

— Je pose la question, répond Mélodie. Quel est le nom de famille de la Magali que Jonathan aime ?

Ménard.

— Est-ce que Magali Ménard cherche à attirer Jonathan ?

Non.

— Elle a intérêt à ne pas le faire ! C'est une de mes meilleures amies !

— Est-ce que Jonathan cherche à attirer Magali ?

Non. Un peu hésitant.

— Toi, mon gars, tu viens de l'échapper belle ! Mais je n'aime pas beaucoup tes hésitations...

— On peut tirer les conclusions, dit alors Mélodie. À mon avis, c'est très clair. Jonathan aime Magali, Magali aime Jonathan. Mais Jonathan hésite encore et Magali ne veut pas piquer son ami à Sylf.

— En tout cas, laisse-moi te dire, ajoute Sylf, que Jonathan n'hésitera pas longtemps, quand je lui aurai réglé son problème.

— Que vas-tu faire ?

— Oh ! Il n'y aura pas de grosse chicane, t'en fais pas. Mais à présent que j'y vois clair, je vais prendre les choses en mains. Je crois que je vais leur parler, tout simplement. Si Jonathan a peur de me faire de la peine, je vais lui dire de ne pas s'inquiéter pour moi. Et je dirai la même chose à Magali.

— Ils vont être surpris que tu sois au courant, dit Pouding.

— Certain ! Ils vont même me demander comment j'ai fait pour le savoir.

— Tu vas leur dire quoi ?

— Que je l'ai lu dans ma boule de cristal ! Tant qu'à passer pour une sorcière, autant leur donner de bonnes raisons.

— Tu ne leur diras pas, pour le jeu des Lettres ? demande Pouding.

— Jamais ! coupe Mélodie, soudain agressive. On ne dit jamais un mot sur le jeu des Lettres ! Si tu en parles, c'est moi qui ne te parle plus. Et tu ne remets plus jamais les pieds ici.

— Te fâche pas, Mélo ! Je ne dirai rien !

— Jure-le !

— Je le jure. Mais pourquoi ne peut-on pas en parler ?

— Parce que ça ferait diminuer notre pouvoir. Chaque fois que notre secret est partagé, il perd de sa force.

— Mais es-tu sûre que nous avons un pouvoir ?

— Oh ! pour ça, oui, t'en fais pas ! Tu as bien vu les résultats, ce soir.

— Mmouais ! Mais je n'ai pas la preuve...

— Pour la preuve, Pouding, dit Sylf, attends lundi et tu verras.

— J'ai quand même peine à y croire.

— Normal, dit Mélodie. On est tous comme ça au début. Mais si tu veux essayer, tu n'as qu'à poser une question. Tu verras bien ce que ça donnera.

— Quel genre de question ?

— Est-ce que je sais, moi ! Tu n'as pas quelque chose qui te trotte en tête ?

— Euh...oui, peut-être bien !

— Je crois savoir, dit Sylf. N'aimerais-tu pas savoir qui sera ta première blonde ?

— J'dirais pas non...

— Mettez vos mains sur le verre, dit Mélodie. Je pose la question. Qui sera la première petite amie de Pouding ?

Cette fois, le verre n'hésite pas longtemps. D'un mouvement qui s'accélère sans arrêt, il pointe une série de lettres : Liette Pinsonneault.

— La petite Liette, qui est en première ? demande Mélodie. Qu'est-ce que tu en penses, Pouding ?

— Je ne la déteste pas ! Je ne dirais pas non !

— Elle est ravissante, commente Sylf. À mon avis, tu devrais lui demander...

— Elle est bien trop gênée ! Elle ne voudra jamais !

— On va bien voir, dit Mélodie. Je pose la question. Est-ce que Liette Pinsonneault aime Pouding ?

Le verre se précipite avec tant de hâte qu'on a presque de la misère à le suivre. La réponse est oui.

— Cette fois, dit Mélodie, aucun doute n'est permis. La petite Liette est amoureuse par-dessus la tête. Et toi, Pouding, l'aimes-tu ?

— Euh...

— Non ! Ne réponds pas, je pose la question aux Lettres. Est-ce que Pouding aime Liette ?

Cette fois on a eu peur que le verre se brise ! On ne l'a jamais vu courir aussi vite pour répondre oui.

— Là, mon Pouding, il n'y a vraiment pas de doute. Liette t'aime et tu aimes Liette. Il va falloir que tu te décides.

— J'ai jamais fait ça, avoue Pouding, percé à jour et abandonnant toute gêne.

— T'en fais pas pour ça, dit Sylf. On te donnera un coup de main.

— Comment ça, un coup de main ? Niaise pas !

— Mais non, on ne plaisante pas, affirme Olivier. On est tous plus vieux que toi, ici. On est déjà passé par là, alors si on peut t'aider...

— Moi, je veux bien, mais ne faites rien sans m'en parler.

— C'est promis ! dit Sylf. Tiens, qu'est-ce tu dirais si j'invitais Liette à voir un film chez moi demain soir ? On sera dans ma chambre, bien tranquille. Je serais prête à parier que quand elle saura que tu viens aussi, elle ne dira pas non.

— Si tu veux, Sylf. Moi, ça me plaît. En tout cas, ce sera un bon test.

— Pour le test, je n'ai rien à craindre ; les Lettres ne mentent jamais. Mais si pour toi, ce n'est rien qu'un test...

— Mais non, tu le sais bien !

— Je voulais juste te taquiner, Pouding. Je t'appellerai demain dans la matinée, pour confirmer.

— D'accord, dit Pouding, capitulant avec un large sourire.

Les amis des Lettres se séparent. Toute la soirée, Mélodie a eu envie de poser des questions sur sa nouvelle amie Chamane. Mais comment amener le sujet ? Quelle question poser ? Comment le faire sans dire qui est Chamane ? Surtout comment éviter de révéler le secret de la Fontaine ?

Toutes ces choses sont encore trop mystérieuses pour Mélodie, et elle sait qu'elle n'a pas encore la permission d'en parler.

Mélodie se couche dès que ses amis sont partis. Elle éteint immédiatement la lumière. Les quelques minutes qui précèdent le sommeil sont trop précieuses pour être gaspillées à s'endormir sur un livre. Ces minutes-là sont les meilleures de la journée. Celles où les visions sont les plus claires.

Mélodie ferme les yeux et visionne dans sa tête le jeu des Lettres. Elle pose la première question.

— Est-ce que Chamane est une grande magicienne ?

Oui.

— Est-ce qu'elle me fera du bien ?

Oui.

— Est-ce que la Fontaine donne vraiment des pouvoirs ?

Oui.

— Est-ce que je verrai Chamane demain ?

Non.

— La verrai-je bientôt ?

Oui.

— Dois-je devenir gardienne de la Fontaine ?

Oui.

— Dois-je continuer à trapper pour nourrir Renarde ?

Non.

— Aurai-je seulement le droit de trapper encore ?

Non.

— Je m'en doutais un peu, se dit Mélodie. Les lièvres et les rats musqués vivent de la même eau que moi, à présent. Ils sont donc aussi les gardiens de la Fontaine.

Mélodie cesse de poser des questions ; elle a eu les réponses qu'elle attendait. Il n'y a eu, au fond, aucune surprise. Elle connaissait déjà les réponses. Le jeu des Lettres est ainsi, les réponses sont toujours cachées au fond de soi-même. Le jeu ne sert qu'à les rendre conscientes.

*Quatre*

# Yannick

Mélodie s'est levée à quatre heures et demie, lorsqu'elle a entendu les premiers appels du geai bleu. À six heures, elle est devant le terrier de Renarde. Elle n'a pas de lièvre à lui offrir. On ne trappe pas en ce moment. Mélodie pense même qu'elle ne trappera plus, puisque les Lettres semblent vouloir l'interdire. Il faudra qu'elle pose la question à Chamane pour en avoir le cœur net.

Elle sort de son sac une grosse boîte de nourriture en conserve. La préférée de Quat'sous, son caniche royal. Elle déverse le contenu de la boîte sur une pierre plate et attend. Renarde sort, méfiante. Elle n'est pas habituée à voir Mélodie de si bonne heure. Et surtout il règne cette odeur étrange. De la nourriture, oui, c'est certain. Mais tellement différente ! D'habitude, les cadeaux de Mélodie portent l'odeur d'un animal que Renarde connaît, lièvre ou rat musqué. Parfois une perdrix. Parfois même un poulet. Un peu étrange, le poulet, mais cela ressemble à la perdrix. On s'habitue.

Mais ça ! D'abord c'est déjà tout mâché. Renarde ignorait que Mélodie savait faire comme les renards. On avale la nourriture. Le plus possible.

Comme ça on peut la transporter dans son ventre sans laisser d'odeur derrière soi. Puis rentré au gîte, on régurgite pour nourrir les petits. Sans doute, se dit Renarde en flairant la nourriture avec méfiance, que Mélodie a appris à faire comme les renards.

Mais quelle étrange odeur ! Impossible de savoir de quel animal provient la viande. Après tout, c'est peut-être ça, l'odeur que les humains donnent à la nourriture quand ils la mangent une première fois.

Renarde lèche prudemment. Elle se donne le temps de goûter. Puis elle mord une petite bouchée. Elle prend conscience que Mélodie lui parle.

— Mange, Renarde, mange ! Ça fait des chiens forts ; ça ne peut pas être mauvais pour les renards.

Renarde, un peu rassurée, découpe une grosse bouchée qu'elle s'en va porter dans sa tanière. Elle revient aussitôt. En trois voyages, elle a emporté tout le cadeau de Mélodie.

Mélodie gravit la colline, prend le temps de lire les chemins de lièvres et se dirige vers la Fontaine. Elle l'avait vu dans ses rêves, une pierre de la margelle a été déplacée. D'après les traces, elle connaît les coupables.

— Les chevreuils, se dit-elle, n'ont pas toujours le pied léger. Et quand ils arrivent à plusieurs, ils n'ont pas la patience d'attendre que les autres aient fini de boire dans la seconde vasque. Alors ils escaladent la première et me font du dégât. Il va falloir que je leur parle.

Mélodie se rend compte qu'elle vient de considérer les cerfs comme des êtres raisonnables avec qui elle peut dialoguer.

— Pourquoi pas, après tout ? Il faudra que je visionne les chevreuils ce soir avant de m'endormir. Et que j'en parle à Chamane.

Pouding arrive vers sept heures chez Sylf. Une grande maison, en campagne, blottie entre le rang et la rivière. Les parents sont compréhensifs : ils ont depuis longtemps installé Sylf au sous-sol, avec sa télé personnelle. Ainsi, elle peut recevoir ses amis sans que personne ne dérange personne. Ils ont même fait isoler le plafond du sous-sol. Comme ça, on peut écouter la musique qu'on veut, et au volume qu'on veut.

— Ils sont *cools*, tes parents, Sylf. Tu as de la chance, dit Pouding.

— C'est vrai que j'ai de la chance. En fait ils ne sont pas si *cools* que ça. Mais ils sont un peu vieux. Ils veulent la paix et ils ont compris que pour l'avoir, ils avaient juste à me donner la paix dans mon coin à moi. Ils ne sont pas fous ! Ils peuvent regarder leurs savonnettes à la télé pendant que moi, je reçois qui je veux ici. C'est comme si j'avais mon appartement à moi.

— J'aimerais ça, avoir mon appartement à moi. Mais chez nous, nous sommes six enfants. Alors il y a la chambre des gars et la chambre des filles. Pas moyen d'être tranquille pour pouvoir penser un peu à ses affaires.

— Pour pouvoir penser à Liette, peut-être ?

— Oui, entre autres. Quand est-ce qu'elle arrive ?

— Bientôt, j'imagine. On avait dit sept heures et demie. As-tu hâte ?

— Eh oui ! Qu'est-ce que tu crois ?

— Vas-y doucement, hein, Pouding. Et puis essaie quand même d'être un peu moins gêné qu'elle, sinon on ne va pas y arriver. Tu veux que je t'aide ?

— Je ne sais pas. Je ne suis pas sûr. Peut-être si...

— Peut-être si toi, tu n'oses pas faire le premier pas, hein, Pouding ?

— Euh… oui, Sylf. Mais je crois quand même que je vais être capable.

Sylf a envie de rire, mais ce n'est pas le moment. Heureusement, la porte du sous-sol s'ouvre. Mélodie et Olivier. Heureuse diversion !

On n'a pas fini de se saluer que la sonnette résonne à l'étage au-dessus.

— Ça, devine Sylf, je gagerais que c'est Liette. Elle ne connaît pas la porte du sous-sol, alors elle sonne en avant. Je vais l'accueillir.

Sylf et Liette se plient de bonne grâce aux salamalecs d'usage. Ses parents n'aiment pas que quelqu'un traverse leur vestibule sans avoir été présentés, et sans avoir accompli les salutations réglementaires. Liette joue très bien le rôle et passe pour une jeune fille bien élevée. Tant mieux. Ça évitera les commentaires.

Dès qu'elle le peut, Sylf descend avec elle au sous-sol.

— Salut, Liette ! lance Pouding avec, semble-t-il, beaucoup d'assurance.

— Salut, Pouding. Ça va ?

On ne se serre pas la main, non ! Ça ne se fait plus. On ne s'embrasse pas non plus, non ! Ce n'est pas encore le moment.

Un copain à Pouding, le gros Boudrias, lui a dit un jour : « Mon gars, quand tu veux t'accrocher une fille, demande-z-y pas ! Elle serait ben foutue d'te dire non, rien que pour te niaiser ! Tu la vois, tu la prends dans tes bras et tu lui fais un gros *french* devant tout le monde. Là, *man*, elle a plus le choix. Tu viens d'te l'accrocher ben comme y faut. Après, tu fais ce que tu veux avec ! »

Pouding a été impressionné par les vantardises de Boudrias, mais aujourd'hui, il a l'intuition que ce n'est peut-être pas la meilleure technique. Aussi, il n'a jamais vu Boudrias la mettre en pratique...

Non, décidément, les grosses manières « boudriesques » ne ressemblent ni à Pouding ni, surtout, à Liette. Elle est petite et mince, très jolie. Délicate comme un chant d'oiseau. Ses cheveux châtains sont lustrés comme ceux d'un chat et coupés très courts. Elle a de grands yeux clairs, légèrement bridés. Elle sourit beaucoup dans son petit visage triangulaire, un peu pointu et montre volontiers de petites dents qui lancent des éclairs tant elles sont blanches. Ses mains, curieusement longues pour sa taille, sont souples et perpétuellement en mouvement. Elles ont reçu pour tâche d'exprimer par le geste tout ce que Liette, trop timide, n'ose dire de vive voix.

La porte s'ouvre à nouveau et livre passage à un grand gaillard aux cheveux blonds taillés en *mohawk*. Il porte une veste de buckskin, des jeans et des bottes *Doc Martens*, vingt trous. Il pose sa veste en saluant à la ronde et laisse voir, sur son bras gauche, un tatouage. Le signe d'Anarchie.

— Salut, Yannick ! lance Sylf. Mon nouveau copain, glisse-t-elle à l'oreille de Mélodie.

— Tu n'as pas perdu de temps !

— Il ne fallait pas. J'avais une course à gagner contre Jonathan, moi.

On accueille le nouveau venu sans s'apercevoir que Mélodie est étrangement figée. Elle évite de regarder Yannick, car elle sent que si elle le fait, elle lui lancera le regard-qui-tue. Il y a des gens, comme ça, tu les détestes dès le premier instant. C'est instinctif. Tu ne sais jamais pourquoi. Mais Mélodie, elle, saura.

Ce soir, je le visionnerai, le Yannick, se dit-elle. Et alors je saurai pourquoi je ne l'aime pas. D'ailleurs j'ai déjà mon idée. Se pourrait-il que... Oh ! non ! pas ça !

Sylf s'approche d'elle.

— J'ai senti que tu l'aimais pas, mon copain, Mélodie. Tu le connais ?

— Non, Sylf, je ne le connais pas. Enfin j'espère. Je t'expliquerai. Viens me voir demain, en début d'après-midi. Tu veux ?

— Ben oui, Mélodie. Je serai là. Seule, comme ça on pourra parler.

— Merci, Sylf.

Yannick n'a rien remarqué de l'échange à voix basse. Trop occupé à épater la galerie. Pouding non plus. Il a trop à faire à dévorer Liette des yeux. Et Liette, n'osant lui rendre ses regards, contemple ses chaussures avec beaucoup d'intérêt. Olivier, taciturne comme toujours, observe tout sans perdre le moindre détail.

On ouvre quelques bières, des liqueurs douces, des paquets de *chips*. L'atmosphère est tendue.

— Bon, on le regarde, ce film ?

— C'est quoi, le film ?

— *Qui a mangé le loup de ma grand-mère ?*

— C'est comique.

— Ouache ! dit Yannick en s'affalant au milieu du sofa. Je l'ai vu. Il n'y a pas d'action, là-dedans.

— Moi, je ne l'ai pas vu, dit Pouding.

— Moi, oui, dit Liette. C'est très beau. Plein de poésie.

— Moi, la poésie...

— Yannick ! lance Sylf, viens donc par ici deux minutes. Commencez sans nous, vous autres, on vous rejoindra.

Elle entraîne son ami dans la pièce d'à côté. Mélodie et Olivier, d'instinct, occupent les deux sièges libres en dehors du sofa. Liette et Pouding s'y retrouvent donc, à distance sage l'un de l'autre.

À la fin du générique du début, Mélodie se lève et leur dit :

— Poussez-vous un peu, il y a de la place pour quatre sur le sofa.

Pouding et Liette se retrouvent l'un contre l'autre et, sans qu'elle l'ait vraiment voulu, le bras de Liette se coule sous celui de Pouding. Leurs mains s'enlacent. Puis le bras de Pouding se dégage et passe par-dessus les épaules de Liette. En voilà deux qui ne verront pas le film au complet !


Sylf et Yannick ne refont surface que lorsque le film est fini. On parle encore un peu, puis Liette se prépare à partir. Il faut qu'elle rentre avant minuit.

— Avant minuit ! raille Yannick. Ça n'a pas d'allure ! Place-les, tes parents.

— Liette fait comme elle veut, ose dire Pouding. Tu n'as pas à la juger.

— Moi, ça ne me dérange pas. Mais toi, t'as pas l'air trop déniaisé non plus.

— Laisse les gens vivre à leur façon, Yannick, intervient Sylf.

— Bon ! OK ! Je disais juste ça comme ça. Je te reconduis, Liette ?

— Non merci, décline-t-elle.

— C'est moi qui la reconduis, intervient Olivier. C'était prévu.

Olivier, qui parle peu mais sait écouter, a très bien compris qu'il ne fallait pas laisser Liette aux mains de ce gars-là. On se quitte donc. Liette, Pouding et Mélodie prennent place dans la voiture d'Olivier.

— Merci de m'avoir reconduite, dit Liette. Je ne me voyais vraiment pas toute seule avec ce type.

— Tu ne l'aimes pas ? demande Mélodie.

— Non, pas du tout.

— Moi non plus, Liette. Je ne peux pas le supporter.

— Je te comprends. Moi aussi, les gars qui se pensent supérieurs, je préfère ne pas leur parler. Tu peux être sûre qu'ils vont te jouer un vilain tour, rien que pour prouver qu'ils sont les plus forts. Je préfère ceux qui n'ont rien à prouver.

— Je pense exactement comme toi, dit Mélodie. Tu as vu Olivier ? Tu viens de faire son portrait

— Arrête ! réplique Olivier en riant. Tu vas finir par me faire rougir.

— Et ton Pouding, Liette, qu'est-ce que tu en penses ?

— Tout à fait à mon goût ! lance-t-elle spontanément.

Puis, effrayée par sa propre audace, elle rit et se cache la tête sur l'épaule de son ami.

Vers treize heures, le lendemain, Sylf rejoint Mélodie chez elle. On s'installe dans le sous-sol pour pouvoir parler tranquillement. Olivier, qui a passé la nuit chez Mélodie, est en haut, avec les parents.

— Les filles ont des choses à se dire, explique-t-il à Germaine. Il vaut mieux ne pas les déranger.

Germaine apprécie beaucoup cette délicatesse qu'elle trouve inattendue de la part d'un jeune.

— Je te trouve vraiment gentil, Olivier. Tu n'es pas un petit macho, comme il y en a tant. Tu n'es pas jaloux, quand les filles se font des confidences derrière ton dos ?

— Pourquoi jaloux ? Mélodie ne m'appartient pas. Elle a beaucoup de choses à vivre sans moi. Je l'accepte et je la respecte. Comme ça, elle aussi respecte mon intimité. On n'a rien à gagner à être toujours collés l'un contre l'autre.

— Quand même ! Tu pourrais avoir envie de savoir tout ce que fait Mélodie. Surtout quand elle s'en va courir les bois !

— C'est vrai qu'elle passe beaucoup de temps dans les bois. Mais je sais que c'est très important pour elle. Alors je la laisse faire et je ne pose pas de questions. Moi aussi, j'ai souvent envie d'être seul. J'ai juste à le lui dire. Elle accepte. Même si on sort ensemble, on pense tous les deux qu'on doit garder notre vie privée. Il ne faut jamais chercher à tout savoir de l'autre, sinon y a plus de mystère. On finit par se lasser.

— Tu as bien raison, approuve Gasse, avec un peu trop de chaleur.

Germaine lui lance un regard noir.

— Je ne t'ai pas réveillée ? demande Sylf.

— Oh non ! Pas de danger. J'étais dans les bois à six heures et demie.

— Et ça va bien, tes affaires, dans les bois ?

— Très bien ! Il y a des choses qui se passent. De gros changements.

— Tu me raconteras ?

— Quand je pourrai, oui. Tu viendras même peut-être avec moi.

— Pourquoi voulais-tu me voir ? À propos de Yannick, hein ?

— Oui, Sylf. À propos de Yannick.

— Tu ne l'aimes pas, hein, Mélo ?

— Non, je ne l'aime pas. Et toi, qu'est-ce que tu lui trouves ?

— Bof ! tu sais, je voulais surtout prendre une longueur d'avance sur Jonathan. Comme ça, ce sera plus facile, demain, pour leur parler, à lui et à Magali.

— Mais tu n'aimes pas Yannick ?

— Pas une miette ! Un gars facile. Comme tous les machos. Tu n'as qu'à lui faire un clin d'œil et il fait ce que tu veux. Dans une semaine maximum, ce sera fini. Mais toi, Mélo, tu le connais, si je comprends bien ?

— Oui et non. Je l'ai visionné hier soir.

— Et qu'est-ce que tu as vu ?

— C'était un des trois, il y a trois ans, dans le Westfalia. C'est lui qui tenait le couteau.

— Ouache ! Tu n'es pas sérieuse ! Et moi, je sors avec ça !

— Je suis très sérieuse, Sylf. La vision que j'ai eue ne laisse aucun doute.

— Ce salaud-là, je lui donne son congé aujourd'hui !

— Pas tout de suite, Sylf. Je vais avoir besoin de ton aide.

— Pour quoi faire ?

— Pour connaître les deux autres.

— Pour ta vengeance ?

— Oui, Sylf, pour ma vengeance.

— Alors je t'aiderai, Mélo. Mais ça va être dur. Rien que l'idée de tenir ça dans mes bras...

— Oui, je sais, Sylf, ça va être dur. Je voudrais ne pas te l'imposer, mais j'ai pas d'autre solution.

— D'accord, Mélo. Je ferai tous les efforts nécessaires. Enfin, je vais essayer. Ça va être long, tu crois ?

— Le moins possible. Jusqu'à vendredi, maximum. Quand tu le verras, pense à ce qu'il m'a fait. Très fort. Pense aussi qu'ils étaient trois. Ta pensée ira fouiller dans son cerveau. Et la sienne s'imprimera dans le tien. Vendredi, les Lettres nous révéleront les noms.

— Que feras-tu, alors ?

— Je ne sais pas encore. Je déciderai. Je les tuerai de toute façon.

— Je t'aiderai, mais ne m'oblige pas à rester trop longtemps avec ce sale type.

— Merci, Sylf.

*cinq*

# Le murmure de la Terre

Sylf a réglé ses problèmes avec Jonathan et Magali. Ç'a été plus facile que prévu. Bien sûr, ni l'un ni l'autre n'ont cru à la boule de cristal, mais ils en sont encore à se demander comment Sylf a pu savoir. Peu leur importe, ils ne sont pas du genre à se poser des questions très longtemps. Et puis ils ont le feu vert de la part de Sylf. C'est inespéré. Ils peuvent bâtir leur liaison sans contrainte.

Ce qui a été plus difficile, ce fut de convaincre Pouding qu'on ne peut pas admettre Liette au jeu des Lettres.

— Elle est mon amie, maintenant, grâce à vous. Pourquoi la refuser ?

— Je l'ai visionnée, a expliqué Mélodie. Elle n'est pas prête pour ce genre de choses. Peut-être plus tard.

— Pourquoi plus tard ? Elle n'est pas assez intelligente ?

— Si, Pouding ! Oh si ! a dit Sylf. Mais ça pourrait lui faire du mal. Le jeu des Lettres, tu sais, c'est un gros morceau à avaler.

— Je l'ai bien avalé, moi !

— Oui, Pouding, tu l'as avalé. Mais je t'avais visionné avant. Je savais que tu serais assez fort, a expliqué Mélodie.

— Mais Liette...

— Liette, ça pourrait lui faire du mal. Tu ne veux pas faire du mal à Liette ?

— Non, je ne veux pas lui faire du mal ! Mais je ne vois pas comment...

— Toi, tu avais besoin de notre amitié AVANT. Liette, elle, elle a ton amour... et notre amitié. Elle n'a besoin de rien d'autre en ce moment. Elle ne pourrait pas en digérer plus, tu comprends ?

— Pas sûr !

— Oh si ! c'est sûr ! L'amour, c'est une grosse passion. Le jeu des Lettres, c'en est une autre. Deux passions en même temps, il y en a toujours une qui mange l'autre. Tu ne voudrais pas la perdre, ta Liette ?

— Non !

— Alors aime-la, mais ne la détruis pas au jeu des Lettres. Et puis, de toute façon, vendredi, on a une très grosse partie à jouer. Même toi, tu vas avoir du mal. Si Liette était avec toi, tu serais perturbé et tu pourrais pas nous aider. En plus, Liette serait tellement effrayée que tu risquerais de la perdre. Ce n'est pas ce que tu veux ?

— Bien sûr que non ! O.K. je dirai à Liette que je ne peux pas la voir vendredi soir.

— N'oublie pas : pas un mot à propos des Lettres !

— Pas de danger !

Mélodie revoit Chamane vendredi, après l'école, juste avant la partie de Lettres.

— Fais attention à toi, Mélo. Tu es à un moment critique.

— Toi aussi, Chamane, tu m'appelles Mélo ?

— Oui, comme tes amis, depuis quelque temps.

— Alors vraiment, je ne peux rien te cacher !

— Non, Mélo. Tu le sais bien. Je suis dans tous tes rêves. Tu ne me vois pas souvent, parce que je me tiens toujours dans un petit coin discret, mais tout ce que tu sais, je le sais aussi.

— Alors c'est plus simple comme ça. Inutile d'en parler.

— Inutile, en effet. Je suis contente que tu aies trouvé le premier de tes bourreaux, Mélo. J'aurais pu te dire son nom, mais tu aurais perdu tous tes pouvoirs. Il fallait que tu trouves toute seule.

— Je trouverai aussi les deux autres.

— Oui, Mélo, tu les trouveras. Mais n'oublie pas : il faudra d'abord que tu leur pardonnes.

— Je n'en suis pas encore capable, Chamane. Peut-être plus tard.

— Oui, plus tard, Mélo. Plus tard...

— Les deux autres, je les connaîtrai ce soir ?

— Oui, Mélo, à condition que tu abandonnes ta haine avant de jouer aux Lettres. Si tu viens aux Lettres avec ta haine, elles demeureront muettes. Je t'aiderai. Je serai près de toi.

— Dois-je encore trapper ?

— Tu as déjà la réponse.

— Alors je ne trapperai plus. Mais Renarde ?

— Tu es en train de la tuer.

— Tuer Renarde ? Moi ?

— Oui, et avec elle, toute sa portée.

— Qu'est-ce que j'ai fait de mal ?

— Tu l'as nourrie.

— C'était pour l'aider !

— Renarde ne chasse plus. Elle attend que tu lui apportes de la nourriture en conserve. Ses petits n'apprendront pas à tuer pour manger. Il faudra les capturer et les mettre en cage.

— Les mettre en cage ? Mais c'est absurde !

— Oui, Mélo, c'est absurde. Mais ce n'est pas plus absurde que d'apprendre à Renarde à ne plus chasser. Les hommes ont domestiqué les chiens il y a dix mille ans. Et maintenant les chiens mangent de la nourriture en boîte. Quand on veut les faire chasser, il faut les dresser en leur imposant toutes sortes de souffrances.

— Mais Renarde a des bébés !

— Oui, Mélo, justement. Si tu ne les nourris pas, la moitié mourront. Mais les autres apprendront la vie et feront des renards forts. Si tu les nourris, aucun ne survivra, à moins de les mettre en cage.

— Mais Renarde va être bien déçue !

— Non. Je lui ai parlé la nuit passée. Elle comprendra.

— Je pourrai quand même aller la voir ?

— Oui, mais tu ne pourras plus la toucher. Elle redeviendra sauvage. Toi, tu deviendras aussi sauvage qu'elle. Alors, tu seras gardienne de la Fontaine.

— Mais moi, je suis humaine.

— Dans le vrai monde, celui où je t'ai admise, être humaine est une autre façon d'être sauvage. Va te baigner, à présent.

Mélodie se déshabille et se plonge dans l'eau piquante de la Fontaine. Pour la première fois, elle s'y abandonne tout entière. Seul son visage émerge. Les oreilles sous l'eau, elle entend les battements de son cœur et le bruit de sa respiration. Elle n'a jamais entendu musique aussi intime. Bientôt le rythme de son cœur influence celui de ses poumons, tandis que sa respiration impose le sien à son cœur. L'harmonie s'installe en elle. Cœur et poumons lui jouent un air qu'elle seule peut entendre. Qu'elle seule peut comprendre. La symphonie de sa propre existence.

Peu à peu, d'autres sons apparaissent, rythmant et accompagnant sa musique intime. Le murmure de la Terre, que l'on ne peut entendre que quand on a les oreilles dans une eau sortant de la terre. La terre et l'eau. Les deux éléments de base. Avant d'entendre dans l'air, il faut d'abord avoir entendu dans l'eau, comme nous l'avons tous fait dans le ventre de notre mère.

Le murmure se précise. Écoute. Écoute. Écoute. Écoute, Mélo. Écoute, Mélo. Écoute, Mélo. Écoute et tu sauras. Écoute et tu sauras. Écoute et tu sauras. Écoute et tu sauras. Pardonne. Pardonne. Pardonne. Pardonne et tue. Pardonne et tue. Pardonne et tue. Tue. Tue. Tue. Tue. Tue. Tue. TUE !

Mélodie sursaute, et sa tête jaillit de l'eau. Chamane, qui l'observait, lui dit :

— Tu as commencé à entendre le murmure de la Terre, Mélo. Écoute-le toute ta vie. Il te guidera.

— Qu'est-ce que c'est, cette voix que j'entends, Chamane ? Elle me fait peur.

— Moi aussi, j'ai eu peur la première fois, Mélo. Cette voix est celle de ton être, mêlée à celle du monde. Replonge ta tête dans l'eau. Écoute la voix.

La voix reprend son message sur le même rythme lancinant : Pardonne et aime. Pardonne et tue. Mélo l'écoute longuement. Puis, quand le message revient au thème original, elle sort de la Fontaine.

— J'en sais assez, à présent, Chamane. Je peux aller jouer aux Lettres. J'aurai la force de ne pas haïr.

— J'en suis sûre aussi, Mélo. Tu es calme et sereine, à présent. Ton esprit est propre et disponible. Tu as beaucoup de pouvoir, maintenant. Fais-en bon usage.

Les amis sont surpris. Ils n'ont jamais vu Mélodie si belle et si sereine. Même Olivier, qui ne s'étonne pas facilement, en fait la remarque.

— Il t'est arrivé quelque chose, Mélo. Tu es si différente !

— Oui, je suis différente. Eh oui, il m'est arrivé quelque chose. Je crois avoir trouvé le chemin que je cherchais.

— Pour ta vengeance ? demande Pouding.

— Oui, pour ma vengeance. Tu comprends vite.

— Ça, c'est vrai. Mais avec vous autres, ce n'est pas difficile de comprendre.

— Je crois qu'on a bien fait de te prendre avec nous, apprécie Sylf. On n'était que trois pour les Lettres. À quatre, on est plus forts.

— Mais moi, je crois qu'on serait mieux à cinq.

— Pourquoi dis-tu ça, Pouding ? demande Mélodie, intriguée.

— Simple question de mathématiques. À trois, les Lettres marchaient bien. À quatre aussi, mais on risque d'avoir des réponses moitié-moitié.

— Explique ton idée, ça m'intéresse, dit Olivier.

— C'est simple. Les Lettres vont chercher dans notre inconscient des choses que nous savons déjà sans qu'on soit capables de les exprimer. Ça marche très bien en nombre impair. Mais à quatre, nous risquons de nous retrouver deux contre deux, et de recevoir une réponse ni oui ni non. À mon avis, c'est dangereux.

— Es-tu en train de négocier pour rentrer Liette dans les Lettres ? gronde Sylf.

— Mais oui ! Évidemment ! Je l'aime, moi, Liette. Je veux partager avec elle.

— Je croyais que tu avais compris, dit Mélodie.

— Bien sûr, que j'ai compris. Liette n'est pas prête pour les Lettres, je suis d'accord. Mais quand elle aura digéré, comme tu dis, je pense qu'elle sera une bonne candidate. À cinq, on sera plus forts qu'à quatre pour répondre aux questions. Qu'en pensez-vous ?

— Moi, je ne dis pas non, approuve Mélodie.

— Moi non plus, dit Olivier.

— Dans le fond, on discute pour rien, tranche Sylf. On n'a qu'à poser la question aux Lettres.

— Oui, dit Pouding, mais sans moi, alors.

— Et pourquoi ?

— Parce que je serai pour, de toute façon. Je n'aurai qu'à pousser le verre dans la bonne direction.

— Tu es sage, apprécie Mélodie. Tu as raison, nous allons jouer à trois pour demander l'admission de Liette.

On place les doigts sur le verre et Mélodie pose la question.

— Est-ce que Liette serait une bonne candidate pour les Lettres ?

Oui. Sans hésitation.

— Est-ce qu'elle est prête à commencer dès maintenant ?

Non. Sans hésitation.

— Est-ce qu'elle sera bientôt prête ?

Oui. Avec beaucoup d'hésitation.

— Est-ce que Pouding peut lui en parler maintenant ?

Non. Pas d'hésitation.

— Est-ce que les Lettres peuvent nous dire quand ?

Pas de réponse.

— Est-ce que les Lettres nous diront si elle est prête, quand nous poserons la question au bon moment ?

Oui.

— Voilà, dit Mélodie. C'est plus simple comme ça. Les Lettres nous diront elles-mêmes quand nous pourrons recevoir Liette. Ça fait ton affaire, Pouding ?

— Ça fait mon affaire ! Mais y a une chose que je veux savoir : avant de m'embarquer dans les Lettres, vous leur avez demandé la permission ?

— Bien sûr, dit Mélodie.

— Ç'a été quoi, la réponse ?

— Tu n'as pas besoin de savoir ça, répond Olivier. On ne le dit jamais. Ça pourrait décevoir. L'important, c'est que tu en fasses partie, maintenant. Ça ne te suffit pas ?

— Si, ça me suffit. Merci, Olivier. Tu es plus sage que moi.

— Pas sûr ! Je suis peut-être juste un peu plus vieux.

— Il faut qu'on se reconcentre ! intervient Mélodie. Nous devons passer à la phase principale de la soirée.

Le moment est crucial. Les jeunes vont questionner les Lettres sur les agresseurs de Mélodie. Mais Pouding n'est pas au courant de toute l'histoire. Et il est encore très jeune. Le récit peut lui faire mal.

— Pouding, nous devons interroger les Lettres sur un sujet très important qui concerne Mélo, commence Sylf. Je te préviens que ce n'est pas une belle histoire.

— Quelqu'un t'a fait du mal, Mélo ?

— Oui, Pouding, quelqu'un m'a fait beaucoup de mal. Et ce soir, nous allons savoir qui.

— Ta vengeance, Mélo ?

— Oui, Pouding, ma vengeance.

— Je savais qu'il t'était arrivé quelque chose de grave. Mais je n'ai jamais su quoi. Je pense aussi que je ne serai vraiment ton ami que quand je pourrai partager ça avec toi. Je n'ai jamais osé te questionner, pour ne pas te faire de la peine.

— Ma peine, Pouding, je l'ai toute eue en une fois. On ne peut plus m'atteindre, maintenant. Raconte-lui, Sylf.

— Non, pas Sylf ! dit Pouding. Ça pourrait lui faire du mal à elle aussi. Si c'est à toi que c'est arrivé, c'est toi qui dois raconter. Sinon ça n'aurait pas l'air vrai.

— Il a raison, intervient Olivier. Ça ne t'ennuie pas, Mélo ?

— Non, Olivier. Moi, je l'ai subi, alors, le raconter...

Et Mélodie raconte, tranquillement, à voix basse. Sans épargner le moindre détail...

*Six*

# Enquête

Pouding a encore les larmes aux yeux quand Mélo pose la première question.

— Est-ce que le nouveau copain de Sylf est un des trois qui m'ont violée ?

Oui, sans la moindre hésitation.

— Je le savais ! dit Mélodie dans un souffle.

— Le maudit chien ! gémit Pouding.

— Il me le paiera ! gronde Sylf.

— Reprenez-vous, répond Mélodie, très calme. Ce n'est pas le moment de s'égarer.

— Tu as raison, répond Sylf.

— Excuse-moi, murmure Pouding.

— Est-ce que c'est lui qui tenait le couteau et qui semblait entraîner les autres ?

Oui.

— Est-ce que les Lettres peuvent nous donner le nom des deux autres ?

Non.

— Si on en parle à Yannick, est-ce que le message passera dans l'esprit de la personne qui lui aura parlé ?

Oui.

— Et si cette personne est présente avec nous, est-ce que les Lettres pourront nous transmettre le message ?

Oui.

Un long moment de silence suit la dernière réponse. On vient d'avaler un très gros morceau. Comme toujours, dans les moments difficiles, c'est Olivier qui reprend la parole et lui redonne tout son pouvoir.

— Nous avons cherché à recevoir une réponse claire, nous l'avons eue. Ne faites pas cette tête-là !

— Il a raison, dit Mélodie. La réponse n'était pas plus dure que la question. Et nous venons de faire un grand pas.

— Le maudit écœurant ! Si ce n'est pas toi qui le tues, ce sera moi.

— Non, Sylf, tu sais bien, c'est à moi d'accomplir la vengeance. À moi seule. Mais sans votre appui à vous tous, je n'y arriverai pas.

— Alors dis ce que tu attends de nous, Mélo. Je te jure que je t'aiderai !

— Moi aussi, je ferai tout ce que je peux, ajoute Pouding.

— Je sais seulement une chose, explique Mélodie, c'est que si l'un d'entre vous fait quoi que ce soit pour punir Yannick, tout le plan échouera. Et je ne serai jamais vengée. Aidez-moi, oui, je ne demande que ça. Mais au moment de punir, il faudra que je sois seule.

— Comment sais-tu ça ?

— Il faut que tu saches, Pouding. Depuis que j'ai été agressée, beaucoup de choses sont devenues très claires dans ma tête. J'ai commencé à avoir des pouvoirs. Des pouvoirs de sorcière, comme ils disent. Je viens tout juste d'en recevoir d'autres, mais ça, je ne peux pas encore vous en parler.

— C'est vrai, dit Sylf. Je la connaissais déjà quand c'est arrivé. Jusque-là, Mélo, c'était quelqu'un de bien ordinaire, comme nous tous. Mais tout de suite, elle est devenue différente. C'est elle qui nous a appris qu'il y avait autre chose dans la vie que tout ce que nous pouvons voir, entendre et toucher. C'est elle aussi qui nous a appris le jeu des Lettres.

— Moi, dit Olivier, je n'ai connu Mélo que peu après. Elle était déjà comme maintenant. Elle fait peur à ceux qui ont envie d'avoir peur. Les autres l'aiment.

— Alors moi, dit Pouding, je l'aime, parce qu'elle ne m'a jamais fait peur.

— Faut croire que tu as des points communs avec les sorcières, conclut Sylf.

— Merci, Pouding, dit Mélodie. J'apprécie ton amitié. Mais ce n'est pas tout. Toi, Sylf, qu'est-ce tu vas faire avec ton copain ?

— Certainement ne plus passer toute une soirée avec lui pendant que vous regardez un film. J'ai juste envie de le plaquer.

— Ne fais pas ça, Sylf, intervient Olivier. Si on perd le contact avec Yannick, on ne saura jamais le nom des deux autres.

— Pour Mélo, je veux bien attendre encore un peu. Mais je ne pourrai pas tenir le coup très longtemps. Trouvez-moi une façon de le faire qui ne m'oblige pas à sortir avec lui jusqu'à la Saint Glin-Glin !

— Je crois que ce ne sera pas nécessaire, dit Mélodie. Invite-le chez toi. Dis-lui que tu sais ce qu'il m'a fait et demande-lui le nom de ses complices. Il ne te les donnera pas, c'est sûr, mais il y pensera. Et alors le message se rendra dans ta tête, et les Lettres le feront ressortir.

— Comme ça, je veux bien, mais de suite après, je le congédie !

— Tu feras bien. De toute façon, on n'aura plus besoin de lui.

— Oui, mais toi, Mélo, qu'est-ce que tu vas faire ?

— Je n'y ai pas encore pensé. Je n'ai pas eu le temps. Mais quand ce sera le moment, je le saurai. Ne t'en fais pas.

— Avez-vous pensé, dit Olivier, que Sylf peut se trouver en danger ? On a déjà vu ça, un criminel qui tue le témoin pour l'empêcher de parler.

— Tu as raison. Il va falloir qu'on se cache dans ton sous-sol avant qu'il arrive, pour pouvoir intervenir !

— Non, Pouding ! Non ! Pas d'embuscade. Je saurai bien me défendre.

— Yannick est plus fort que toi.

— Oui, mais moins intelligent.

— Comment vas-tu faire pour te protéger ?

— C'est très simple. Je barrerai la porte du sous-sol, comme ça, il sera obligé de sonner en avant. Mes parents le verront et un ou deux d'entre vous sera là. Il suffira de partir aussitôt après. Il comprendra qu'il y a eu trop de témoins de son arrivée. Il n'osera rien faire.

— Tu n'as pas peur qu'il perde la tête ?

— Non, Mélo. Pas lui. Il est tellement sûr de lui ! Il est sûr que rien ne peut jamais lui arriver. Il niera tout. Ou alors, il me rira en pleine face en me disant : « Tu n'as pas de preuve ! »

— Moi, je trouve que, toi aussi, tu es trop sûre de toi. J'aimerais quand même que tu sois protégée.

— Ne te tracasse pas, Mélo. Je te le dis, il n'osera rien me faire.

Sylf a entraîné Olivier et Pouding dans sa chambre. Ils ont mis la chaîne stéréo en marche, avec le volume assez fort. Leur présence dans la chambre, loin de la porte extérieure, et le bruit de la musique justifieront le fait qu'ils ne répondront pas à la porte du sous-sol.

Ils sont un peu nerveux. Ils ont mis un disque de Bob Marley. Mais ils ne l'écoutent pas vraiment. Toute leur attention est pointée vers la porte que Yannick va essayer d'ouvrir.

Heureusement, ils n'ont pas à attendre longtemps. Quelqu'un manipule la poignée sans douceur. Puis plusieurs coups sont frappés. Sylf monte encore un peu le volume. La musique doit s'entendre de l'extérieur. Yannick comprendra qu'ils sont là, mais qu'eux ne peuvent pas l'entendre frapper. Il n'insiste pas. Il doit être en train de faire le tour pour aller sonner en avant. Pourvu que ça marche !

La porte d'en-haut s'ouvre et quelqu'un fait clignoter la lumière. C'est un signal convenu. Sylf baisse le son et va voir. Sa mère lui dit qu'il y a de la visite pour elle. Sylf adresse un clin d'œil à ses complices et s'empresse de monter. Elle redescend peu après avec son invité.

Le grand Yannick lance un salut à la ronde, puis découvrant Pouding :

— Tiens ! Tu es encore là, ti-gars ?

— Pourquoi ? Ça te dérange ?

— Laisse-le, Yannick, intervient Sylf. C'est un ami.

— Tu les prends au berceau, tes amis ! se moque Yannick.

— De toute façon, je m'en allais.

— Moi aussi, dit Olivier.

— C'est ça ! J'arrive, et tout le monde fiche le camp !

— Pas du tout, explique Olivier. On était venu écouter des disques, mais on ne reste pas.

— J'ai bien entendu ça. Ça faisait tellement de bruit que j'ai eu beau frapper à la porte, personne est venu m'ouvrir.

— C'est de ma faute, dit Sylf. J'avais oublié de débarrer l'entrée

Olivier et Pouding quittent les lieux, apparemment sans se presser. En sortant, ils se contentent d'un adieu collectif, à la manière de Yannick.


— Puis, qu'est-ce qu'on fait ce soir ? Moi j'suis en pleine forme ! As-tu le goût de...

— Non, Yannick, pas ce soir.

— C'est quoi, ton problème ? T'aimes plus ça ? dit-il en se rapprochant.

— Si, mais pas ce soir.

— Va falloir que tu m'expliques. Moi, j'aime pas perdre mon temps.

— Parce que passer une soirée avec moi sans sexe, c'est perdre ton temps ? Tu ne penses vraiment qu'à toi, alors ?

— Bon ! La v'là qui s'choque ! T'avais pas l'air de haïr ça, la dernière fois !

— C'est du passé, Yannick. Y a quelque chose de changé.

— Ben, dis-moi quoi, alors, au lieu de tourner autour du pot !

— Je ne serai plus jamais capable de faire ça avec toi, depuis que j'ai appris ce que tu as fait à Mélodie, avec tes deux copains.

— Comment t'as su ?...Euh, c'est quoi, cette histoire ?

— Tu viens de te trahir, Yannick. Je sais que tu as violé Mélodie dans ton Westfalia, il y a trois ans. Et je veux savoir qui c'étaient, les deux autres.

— T'inventes des histoires à dormir debout ! Y a pas eu de viol, y a pas eu de Westfalia, y a pas eu de copains.

— Tu avais déjà ton Westfalia, y a trois ans. Tu m'as montré des photos.

— Des Westfalia, y en a des centaines sur les chemins. Ça ne prouve rien.

— Je n'ai pas besoin de preuve. Je veux juste savoir le nom de tes deux copains.

— Tu peux toujours compter là-dessus ! Je ne comprends rien à tes histoires et je commence à en avoir assez !

— Ça m'est égal, je sais ce que je voulais savoir.

— Tu sais rien du tout ! Si je te faisais la même chose, que je suis supposé avoir faite à Mélodie ? Regarde, j'aurais juste à montrer mon couteau.

Ce disant, Yannick sort de sa poche un *jack-knife*. En pressant le bouton, la lame jaillit devant la gorge de Sylf.

— Je suppose que c'est le même couteau qu'il y a trois ans ?

— Alors ça te fait même pas peur ?

— Non, parce que je sais que tu n'oseras pas.

— Ah ! Tu crois ça ?

— Essaie, et j'aurai la preuve que tu es un violeur !

— Ça te donnera quoi ?

— Tu sauras plus tard. Si tu me touches, je crie, et mon père viendra.

— Si tu crois qu'il me fait peur !

— Peut-être pas, mais il y a quand même quatre témoins qui t'ont vu entrer ici.

— Tu te penses subtile, hein ? Mais écoute-moi ben. Tu le vois, le couteau ? Dis-toi ben que la prochaine fois, je ne ferai peut-être pas juste le montrer. Écœure-moi encore une seule fois avec tes histoires de viol, et la prochaine fois, je passe aux actes. Ça se pourrait ben que je te coupe la gorge AVANT de te violer. J'adore faire ça dans une mare de sang !

— Je sais. Tu mourras pour ça.

— Oh ! que j'ai peur ! Je vais pleurer ! En tout cas, je t'aurai prévenue. Encore un mot, et tu n'auras pas la vie longue. Salut.

Yannick referme son couteau. Il essaie de paraître calme, mais Sylf voit bien qu'il a le souffle court et que sa main tremble en repliant la lame. Il tourne les talons et sort en claquant la porte.

Sylf verrouille la porte et se rue sur le téléphone.

— Déjà ? s'étonne Mélodie.

— Oui, déjà.

— Comment ça s'est passé ?

— Comme sur des roulettes.

— Ce n'était pas dangereux ?

— Si, un peu. Mais il n'a pas osé me faire de mal.

— Raconte !

— Eh bien voilà : j'ai tout dans ma tête.

— Mais arrive, alors !

— Dans dix minutes.

— Les Lettres seront prêtes.


Mélodie accueille Sylf en l'étreignant avec fièvre.

— Tu es ma meilleure amie !

Olivier et Pouding l'embrassent à leur tour. Ils sont fiers d'elle, et surtout, ils ont eu très peur qu'il lui arrive quelque chose.

— Eh bien raconte ! Sais-tu que tu as fait ça en cinq minutes ? On pensait en avoir pour la soirée.

Il n'en faut pas plus pour que Sylf résume son aventure. On la sent impatiente. Elle a hâte de vivre l'étape suivante.

— Bon ! Maintenant que vous savez tout, on n'a pas que ça à faire. Les Lettres, et que ça saute ! Faut pas attendre que ça refroidisse.

— Est-ce que le nom des complices de Yannick sont dans l'esprit de Sylf ?

Oui, très net.

— Quel est le nom du premier complice ? Celui qui était assez gros ?

Le verre tourne en rond quelques secondes, trouve son chemin, pointe les Lettres.

Mathieu Lamarche.

— Quel est le nom du deuxième complice ? Un grand maigre qui avait de longs cheveux et une barbichette ?

Jérôme Dumas.

Un long moment de silence. Les jeunes n'en reviennent pas : enfin ils tiennent le nom des trois coupables ! Cela a presque été trop facile. Pour Olivier et Sylf, c'était un défi à relever, et la victoire est totale. Pour Pouding, c'était l'épreuve décisive. Les Lettres n'étaient-elles qu'un jeu ou l'instrument d'un pouvoir redoutable ? Assez redoutable pour bouleverser toute une vie.

Pour Mélodie, les Lettres ne sont qu'un élément du monde magique où elle vit. Elle savait qu'elle obtiendrait une réponse et elle vient de l'obtenir. Il suffisait d'assembler les éléments essentiels pour qu'une nouvelle connaissance jaillisse.

— Tu en fais une tête, Pouding ! dit Mélodie, rompant le silence.

— Mets-toi à ma place ! Deux noms qui surgissent comme ça, de nulle part !...

— Tu t'habitueras, dit Sylf. On peut demander n'importe quoi aux Lettres. Elles ont toujours la réponse.

— Même l'avenir ?

— Non, explique Olivier. L'avenir, c'est impossible pour les Lettres. Elles ne peuvent que nous révéler une chose qui est déjà dans un recoin inaccessible de notre esprit.

— Mais comment Sylf pouvait-elle savoir ?

— Par la télépathie. La communication directe d'esprit à esprit. Sylf a fait penser Yannick à deux noms. Yannick y a pensé. Automatiquement les deux noms se sont imprimés dans l'esprit de Sylf. C'est simple comme bonjour.

— Simple comme bonjour ? Ça, c'est toi qui le dis !

— En fait, intervient Sylf, même l'avenir, on pourrait le faire sortir des Lettres. Mais c'est plus compliqué. Il faut pour cela avoir avec nous un voyant ou une voyante.

— Mais alors, Mélo...

— Non, dit Mélodie. C'est vrai que je suis voyante, mais il me reste encore beaucoup de chemin à faire. Un jour, j'en suis certaine, je pourrai faire sortir l'avenir des Lettres, mais c'est encore trop tôt. Ne fais pas les choses trop vite.

— Pourquoi attendre ?

— Parce que mon esprit n'est pas libre. Il est encombré par trois noms... par trois vengeances.

— Quand tes trois vengeances seront accomplies, seras-tu capable ?...

— Oui, Pouding, je serai capable. Mais attends. Attends !

Sept

# Rencontres

Trois noms. C'était le but à atteindre. Mais à ce jeu-là, aussitôt qu'un but est atteint, il s'en présente toujours un autre.

— C'est bien beau, dit Sylf. Yannick, on sait où le trouver. Maintenant, on a le nom de Mathieu Lamarche et de Jérôme Dumas. Qu'est-ce qu'on fait avec ça ?

— On les trouve.

— C'est facile de parler, Pouding, mais ça ne suffit pas.

— Je ne te comprends vraiment pas, moi ! On a tiré du néant le nom de trois coupables, et maintenant, on panique parce qu'il faut trouver leur adresse. C'est pas logique !

— Pouding a raison, déclare Olivier. Le plus difficile est fait. D'ailleurs, Lamarche, je sais où le trouver.

—Ah oui ! Et comment ça ?

— Pas difficile : il travaille à la même place que moi.

— Des Mathieu Lamarche, il peut y en avoir plusieurs. Ce n'est pas un nom rare.

— Je lui parlerai, et les Lettres feront le reste.

— Et Jérôme Dumas ? Quelqu'un le connaît ?

Aucune réponse.

— De toute façon, conclut Mélodie, si le Mathieu Lamarche d'Olivier est celui qu'on cherche, il nous donnera l'adresse de Jérôme Dumas.

— Ça ne fait aucun doute. Mais toi, Mélo, que vas-tu faire quand tu auras toutes les adresses ?

— Je ne sais pas encore, Pouding. Je dois consulter.

— Consulter qui ? Nous sommes tous là pour t'aider !

— Oui, mais ce n'est pas suffisant. Demain, j'irai dans le bois.

— Tu vas toujours dans le bois quand tu as une grande décision à prendre, dit Sylf. Tu nous laisses toujours en dehors.

— Oui ! approuve Pouding. Il me semble que tu pourrais nous faire un peu plus confiance.

— Ce n'est pas une question de confiance. C'est une question de permission. Je t'ai déjà expliqué. Demain, j'aurai une rencontre très importante et je demanderai la permission de vous emmener tous dans le bois.

Le soleil n'a pas encore décidé de se lever. Seuls les nuages reçoivent une lumière pâle qu'ils renvoient sur la Terre. Seuls les oiseaux et Mélodie sont là pour la voir. Les merles d'Amérique, encore chaudement blottis dans leur nid, chantent à tue-tête. Les arbres, comme la voûte d'une cathédrale, amplifient les trilles de la fauvette. Les *rauque-ments* des corneilles ponctuent de temps à autre la musique matinale.

Mélodie dépose un biscuit au gruau devant le gîte de Renarde. Un seul biscuit, ce n'est pas nourrir. Ce n'est qu'une friandise. Renarde sait maintenant qu'elle doit chasser elle-même pour rester sauvage. Mélodie sait aussi qu'elle ne construira jamais son poulailler pour la nourrir. Mais un petit cadeau d'amitié est toujours une chose permise.

Mélodie inspecte la Fontaine et la trouve en parfait état. Elle a bien fait de parler aux chevreuils dans ses rêves : ils font plus attention maintenant. Elle se déshabille et s'immerge jusqu'aux oreilles pour entendre le murmure de la Terre. Elle l'entend longuement, et ce que la Terre dit lui fait plaisir. Quand elle sort la tête de l'eau, elle perçoit la présence de Chamane.

— Je savais que tu serais là, Chamane.

— Tu m'as appelée très fort, hier soir, dans tes rêves. Je devais donc être ici aujourd'hui. Tu as bien fait, petite, nous avons des choses à discuter.

Mélodie sort de la Fontaine et aide la vieille à se baigner à son tour. Elle aussi écoute longuement le murmure. Plus tard, elles se retrouvent assises sur le vieux tronc de pruche.

— Allume un feu, Mélo.

— Tu n'as pas peur que le feu nuise aux animaux ?

— Non, Mélo. Ils savent de toute façon que la Fontaine est à nous en ce moment. Ils ont tous bu cette nuit. Ils peuvent attendre que nous ayons fini.

Chamane sort de son sac une minuscule casserole de cuivre dans laquelle elle fait bouillir de l'eau avant d'y jeter une poignée d'herbes. Elle a aussi préparé de la banique qu'elle enroule autour d'un bâton pour la faire cuire. Les deux femmes mangent et boivent en silence. Puis Chamane prend la parole.

— J'ai visité tes amis dans leurs rêves. Olivier, Sylf et Pouding sont dignes de voir la Fontaine. Ils sauront la respecter. Il faudra que je leur parle. La petite Liette n'est pas encore prête. Ça lui ferait du mal. Ce sera à toi de la préparer. Peut-être à la fin de l'été...

Mélodie ne s'étonne même plus que Chamane sache le nom de ses amis. Elle ne les a jamais prononcés en sa présence. Mais il semble que Chamane sache tout.

— Oui, dit Chamane, qui a lu dans sa pensée. Je sais tout ce que tu sais. Un jour, tu seras comme moi.

— Merci, Chamane.

— C'est la Fontaine qui te dit merci, Mélo. Bientôt sa vie dépendra de la tienne. Quand tu seras très vieille, tu rencontreras une jeune qui prendra la relève.

— Mais quel âge as-tu, Chamane ?

— Les chiffres ne te diraient rien. Sache seulement que je suis plus vieille que tout ce que tu pourrais imaginer. Mais ce n'est pas ça qui est important, aujourd'hui. Tu n'as plus besoin de chercher. J'ai lu dans ton cœur que tu avais pardonné. Je te dirai où trouver les deux autres.

— Et mes amis...

— Tu pourras les amener demain matin. Je leur parlerai.

La journée du samedi se passe à organiser celle du lendemain. Le seul problème, ce sont les parents. Ceux de Sylf trouvent bizarre que leur fille veuille partir dans les bois à quatre heures du matin, mais ils n'en sont plus à une excentricité près de sa part.

Ceux de Pouding sont beaucoup plus réticents. Il faut les convaincre. Mélodie leur fait valoir qu'une randonnée à l'aube dans les bois est un exercice sportif extrêmement sain pour un adolescent. En fait, la seule chose qui les dérange, c'est que Pouding fréquente des amis plus vieux que lui. Et qu'il n'y ait pas un adulte pour les accompagner.

— Il y aura un adulte, dit Mélodie. Olivier a vingt-deux ans.

— J'aimerais vous accompagner, affirme le père.

Catastrophe ! Si le père de Pouding est dans les jambes, la journée est fichue ! Heureusement, c'est lui-même qui apporte la solution.

— Mais quatre heures du matin, c'est vraiment trop tôt !

— Impossible de partir plus tard, dit Mélodie. Plus tard, il n'y a plus rien à voir. Il faut être dans le bois avant que le soleil se lève.

— Bon, allez-y donc. Mais ne fais pas trop de bruit en te levant !

— Je peux aller coucher chez Mélo, argumente Pouding. Comme ça, je ne risque pas de te réveiller.

Le père hésite. Son fiston n'a jamais découché. La mère dit « Pourquoi pas ? » et le père cède.

Mélodie insiste pour que chacun mette un morceau de biscuit au gruau dans sa poche, tel quel, sans emballage.

— Pour quoi faire ? ne peut s'empêcher de demander Pouding. Donne-moi carrément le sac : je le porterai, si c'est ça le problème.

— Les biscuits, c'est un cadeau pour une amie qui en raffole. Il faut qu'elle prenne votre odeur. Comme ça, mon amie vous connaîtra.

— Je suppose que ton amie est un animal ? a deviné Sylf.

— Oui, elle s'appelle Renarde. Comme je passe toujours sur son territoire pour aller à la Fontaine, je lui laisse un petit cadeau au passage.

— C'est la moindre des politesses, ajoute Olivier, avec un brin d'ironie.

— Ne te moque pas, Olivier. Vous pouvez venir avec moi, mais il va falloir que vous fassiez comme moi, sinon vous serez perçus comme des intrus sans savoir-vivre.

— Et cette fameuse Fontaine ? demande Pouding...

— Ça, ce n'est pas à moi de vous en parler. Elle se présentera elle-même. Vous risquez d'être surpris !

La petite troupe pénètre dans le bois en silence, charmée par la sérénité de l'ambiance et la beauté des chants d'oiseaux. C'est un cadre où même les cris de la corneille, que les citadins n'ont pas appris à aimer, deviennent harmonieux. Parce qu'ils sont à leur place.

Renarde n'est pas encore rentrée de sa chasse nocturne. Elle croise le sentier devant eux. Les humains ont le vent dans le dos : elle peut donc les humer à loisir. Elle reconnaît l'odeur de Mélodie et l'accueille en plissant les yeux. C'est, en quelque sorte, sa manière de sourire. Mais les trois autres fumets l'inquiètent. Quatre humains à la fois sur le territoire d'un renard, c'est beaucoup !

— Ne bougez pas, dit Mélodie, en s'avançant de quelques pas.

Renarde la laisse venir un moment, puis recule. C'est le signal. Mélodie ne doit pas venir plus près, sinon la peur se glissera dans l'échange et le rendra impossible. Elle recule aussi d'un pas. C'est la réponse que Renarde attendait. Elle s'assoit pour montrer qu'elle est prête à écouter.

— Bonjour, Renarde. Ceux-là sont mes amis. Tu n'as rien à craindre. Ils t'ont apporté de petits cadeaux. Ils passeront parfois sur ton territoire, mais ils ne feront aucun dégât, tu verras. Ils iront à la Fontaine. Chamane est d'accord. Ils paieront leur droit de passage.

Renarde cligne des paupières et file comme un trait. La direction qu'elle prend est inconnue de Mélodie.

— Je sais ce qu'elle fait, dit celle-ci. Elle va faire un détour et rentrer dans son terrier par une issue qu'elle seule connaît.

Peu après, ils sont devant l'entrée habituelle. Chacun dépose son morceau de biscuit. On se recule un peu. Mais Renarde ne se montre pas. Elle n'a pas encore assimilé les odeurs des nouveaux.

— Partons, dit Mélodie. Quand nous serons plus loin, elle sortira et examinera les cadeaux.

— J'aimerais voir ça, dit Pouding.

— Moi aussi. Mais elle ne peut pas le faire tout en surveillant trois intrus. Les renards aiment faire une chose à la fois. Ce sont des animaux très consciencieux.

On gravit la colline, on emprunte les sentiers que les animaux ont tracés et qui appartiennent à tout le monde. On arrive à la Fontaine.

— La voilà, dit simplement Mélo. C'est elle qui me donne tous mes pouvoirs. Vous pouvez boire, mais ne faites rien d'autre. Chamane va venir. Elle vous dira quoi faire.

— Tu as pris rendez-vous ?

— Oui, Pouding, hier soir.

— Par téléphone ?

— Oh ! non, pas par téléphone.

— Mais comment, alors ? Tu n'es même pas sortie.

— Tous les soirs, depuis quelque temps, je parle avec Chamane. Sans téléphone. Si tu veux, appelle ça de la télépathie.

Les nouveaux venus goûtent l'eau de la Fontaine.

— On dirait du *Perrier* ! commente Pouding.

— Oui, mais ce n'est pas gazeux, ajoute Sylf.

— Ça goûte le *Perrier* parce que c'est piquant. Quand vous vous baignerez, vous sentirez ce piquant sur tout votre corps et en même temps dans votre corps.

— Et même dans vos oreilles, dit une voix derrière eux.

— Ah ! tu étais là, Chamane ?

— Oui, Mélo, depuis votre arrivée.

— Je ne t'avais pas vue.

— Eh non. C'est comme dans tes rêves, Mélo. Je me tiens souvent dans un petit coin où personne ne peut me voir.

— Tu peux entrer dans les rêves de Mélo ?

— Oui, Pouding. Je le fais tous les soirs. C'est comme ça que nous communiquons.

— Tu connais mon nom ?

— Bien sûr ! Toi aussi, tu es dans les rêves de Mélo. Tu es encore un peu jeune, petit, mais tu es prêt à apprendre bien des choses que les autres n'apprennent jamais.

— Je ne demande que ça !

— Oui, je sais. Bonjour, Sylf. Toi aussi, je te connais bien. C'est pour ça que je t'ai autorisée à venir à la Fontaine.

— Merci, Chamane.

— Toi aussi, Olivier, je suis contente de te voir ici. Tu fais du bien à Mélo, qui est ma protégée. Seul ton amour pouvait la laver de l'offense qui lui a été faite, comme l'eau de la Fontaine. Toi aussi, désormais, tu peux venir.

— Veux-tu dire que sans ton autorisation, je n'aurais pas pu venir ?

— Tu as compris, Olivier. Si tu avais suivi le chemin que tu viens de prendre sans y avoir été invité, tu n'aurais jamais trouvé la Fontaine.

— Mais Mélo, la première fois ?

— Je la surveillais depuis longtemps et je voulais qu'elle trouve la Fontaine.

— Mais si des promeneurs passaient par ici ?

— Ils ne verraient pas la Fontaine. Vous, vous ne verriez pas les promeneurs.

— Mais c'est de la magie, alors !

— Eh oui, Pouding. C'est de la magie ! dit la vieille en riant. Mais nous avons assez bavardé. Il faut se baigner maintenant.

*Huit*

# Première victime

Tous les cinq se sont succédés dans la Fontaine. Tous ont longuement écouté le murmure de la Terre. Chamane les a encouragés tout au long de leur baignade.

Tandis qu'ils se sèchent au soleil, la vieille tire les conclusions.

— Voilà, mes petits. Vous avez tous pris l'eau de la Fontaine sur votre corps et dans votre corps. À partir d'aujourd'hui, vous ne serez plus jamais comme avant.

— Je ne sens pas de changement !

— Non, Pouding, parce que tu ne sais pas encore ce que tu vas devenir. Tu ne peux donc pas faire la comparaison. Mais, très bientôt, tu feras des choses que tu ne pouvais pas faire avant. Tandis que les choses que tu faisais déjà, tu les feras en beaucoup mieux. Tu vas te mettre à voir et à entendre avec une profondeur que tu ne connaissais pas.

— Moi, je me sens déjà différente, dit Sylf. Je suis lavée de tout ce qu'il y avait d'inutile en moi.

— C'est pour ça que tu seras plus forte. Tu ne gaspilleras plus ton énergie à véhiculer des futilités, avertit Chamane.

— Mais ce qui m'étonne le plus, c'est justement que je ne suis même pas surprise de ce qui nous arrive.

— Il n'y a rien d'étrange, Sylf. Ce sont les vraies choses de la vie. Votre peuple en a perdu le souvenir depuis des milliers d'années. Le mien n'a inventé ni la roue ni les moteurs, mais il a su sauvegarder ses valeurs.

— Tu nous les apprendras ?

— Non, Pouding. Tu les apprendras par toi-même. Mon rôle est d'être initiatrice. Je n'ai pas à vous éduquer. Je vous ai placés en face d'une réalité ; votre devoir est de la découvrir. Ce sera plus facile, puisque vous êtes quatre, à présent. Mélo vous aidera. Elle a beaucoup d'avance sur vous.

— Maintenant, qu'est-ce qu'on fait ? demande Pouding, qui trouve que tout cela manque un peu d'action.

— Dès que vous le pourrez, interrogez les Lettres. Elles vous diront où trouver les deux derniers coupables. Vous saurez quoi faire. Pour répondre à ta question de l'autre jour, Pouding, sache que vous êtes déjà cinq, dans le jeu des Lettres. Depuis le début, j'ai toujours été avec vous. D'ailleurs, nous avons écouté ensemble le murmure de la Terre. Vous ne serez plus jamais isolés, maintenant. Vous êtes unis, et chacun d'entre vous est fort de la force des trois autres.

Les quatre amis se concertent. Quand jouera-t-on aux Lettres ? Ils se mettent d'accord pour le soir même. Quand cesse leur conciliabule, ils cherchent Chamane du regard. Elle a disparu.

— Chamane !

— Laisse, Pouding, dit Mélo. Elle est partie.

— Elle s'est évaporée, tu veux rire !

— C'est toujours comme ça avec elle. À un moment donné, elle est là, puis à un autre moment, elle n'y est plus. Il ne faut pas chercher à comprendre.

On quitte la Fontaine. Devant le terrier de Renarde, les cadeaux ont disparu. Renarde a accepté les nouveaux venus.

Pouding a vite compris qu'il possède une force nouvelle. Le jeu des Lettres s'est déroulé à un train d'enfer. Pas une hésitation, des réponses claires, précises. Le tout n'a duré que quelques minutes. Avant, cela prenait la soirée, avec beaucoup de réponses vagues et de questions en suspens.

On sait maintenant que Mathieu Lamarche n'habite pas loin. On a aussi appris que Jérôme Dumas est gravement malade. Il est dans un institut pour sidéens où il vit ses derniers jours. On a l'adresse.

— Par qui commence-t-on ? demande Pouding.

— Dumas n'ira pas loin. On peut le laisser dans sa clinique, répond Olivier. Quant à Mathieu Lamarche, je m'en suis déjà occupé.

— Tu n'as pas pris ma place, j'espère ?

— Non, Mélo, ne t'inquiète pas. Je l'ai invité, tout simplement. Il viendra ici vendredi, prendre une bière et écouter de la musique, avec des amis. Il n'en a pas et il a accepté l'invitation très facilement.

— Donc Yannick ne l'a pas prévenu qu'on le recherchait ?

— On dirait que non, Mélo, dit Sylf. Il avait peur, la dernière fois que je l'ai vu. Il va rester dans son trou en attendant que ça passe. Il croit qu'on ne peut rien contre lui.

— J'irai voir Dumas cette semaine, décide Mélodie.

— Que feras-tu ?

— Je ne sais pas encore, Pouding. Il faut d'abord que je lui parle.

— Je viens avec toi !

— Non, Pouding, non. Tu n'as pas la permission. Il ne s'agit plus d'enquête. C'est une question de vengeance, à présent. Je dois agir seule.

— On sera plus forts à deux !

— Au contraire. On serait dispersés. Ne me demande pas pourquoi : je le sens. Si tu étais là, tu pourrais bien mourir à la place de Jérôme Dumas.


Mélodie a refusé l'offre d'Olivier de la conduire à la clinique.

— Aucune aide, Olivier, aucune aide ! Je dois le faire seule, tu sais bien.

— Prends au moins ma voiture, alors.

— Ça, je veux bien.

— Je t'attendrai ici. Fais attention à toi. Je t'aime.

— Moi aussi, je t'aime, Olivier, c'est la principale raison pour laquelle je me venge.

— Des fois, je me demande si le prix n'est pas trop élevé.

— Peut-être, mais je n'ai pas d'autre choix.

— Alors fais ce que tu dois faire.

La clinique est située dans un tout petit village, heureusement. Mélodie est venue deux jours plus tôt repérer les lieux. Elle voulait trouver sans avoir à demander son chemin. Mais il n'y a qu'onze rues. Cinq dans un sens et six dans l'autre. Cela n'a pas été difficile à trouver. Rue Cyr. 113, rue Cyr. Le *Foyer des geais bleus*. Drôle de nom.

C'est une vieille maison traditionnelle qui a été aménagée en clinique. Il y a une rampe d'accès pour les fauteuils roulants et une pancarte éclairée *Foyer des geais bleus*. Il fait nuit et les papillons folâtrent autour de la petite lumière au-dessus de la porte. Mélodie entre. Personne. Un panneau au mur. Jérôme Dumas, chambre 14.

Mélodie frappe. « Entrez ! » La chambre est petite, sobrement meublée d'un lit et d'une commode. Sur le lit, gît une pauvre esquisse d'être humain. C'est pâle, c'est squelettique. Cela a les yeux enfoncés dans les orbites. Cela a de longues mains tremblantes. Un spectre.

— Bonsoir, Jérôme.

— Bonsoir. On se connaît ? Vous êtes sans doute une bénévole qui vient visiter les malades. C'est gentil : il y a longtemps que je n'ai plus de visite.

— Non, je ne suis pas une bénévole.

— On se connaît, alors ? Je ne me souviens pas...

— Oui, on se connaît. Je suis Mélodie.

— Mélodie ?

— Oui, souviens-toi, il y a trois ans, dans le Westfalia de Yannick.

— Ah ! C'est donc ça ! Pourquoi es-tu venue ? Comment m'as-tu trouvé ?

— Comment je t'ai trouvé, peu importe. Je suis venue pour te punir.

— Que vas-tu faire ?

— Te tuer.

Le malade a un faible ricanement et hausse ses maigres épaules.

— Me tuer ! De toute façon, je suis en train de mourir. Tu seras bientôt vengée.

— Non, je ne peux pas attendre que tu meures de ta maladie. Je dois me venger moi-même.

— Pourquoi pas, au fond ? dit Jérôme dans un souffle. Le plus tôt sera le mieux. Comment vas-tu t'y prendre ?

— Ça ne fera pas mal, ne crains rien.

— Attends, Mélodie, pas tout de suite. Tu sais, j'ai souvent regretté le mal que je t'avais fait. Je ne voulais pas, mais tu sais, trois gars ensemble...

— Oui, je sais. Yannick t'a entraîné. Lui aussi mourra.

— Oui, il m'a entraîné. Je ne voulais pas, mais quand je l'ai vu faire, après, j'avais envie de le faire aussi. C'était plus fort que moi. Tu comprends ?

— Bien sûr, que je comprends.

— Moi, je ne comprends pas, Mélodie. Tu n'as même pas l'air furieuse.

— Je ne suis pas fâchée, Jérôme.

— Tu ne l'es pas ? Mais, alors, peut-être que tu...

— Que je pourrais te pardonner ? Mais oui ! Il y a longtemps que je t'ai pardonné. Je ne suis pas venue pour t'accabler. Seulement pour te tuer.

— Merci, Mélodie. Tu es merveilleuse. Je comprends maintenant que ton pardon est la seule chose que j'attendais encore de la vie. À propos, tu sais, tu n'as rien à craindre : je n'avais pas encore le SIDA. C'était la première fois.

— Mauvais début !

— Oui, mauvais début. Mais je te jure que je n'étais pas malade.

— Je sais, Jérôme. La seule chose que j'ai récolté, c'est d'être enceinte. J'ai fait interrompre la grossesse. C'était peut-être de toi ou d'un des deux autres. On ne saura jamais.

— C'est mieux comme ça. Un enfant né dans la violence ne devait pas vivre. Il aurait été marqué.

— Je le crois aussi. Prépare-toi, maintenant.

— Dis-moi ce que je dois faire, Mélodie, je ne résisterai pas.

— Regarde-moi dans les yeux et ne pense à rien.

Mélodie lui lance le regard-qui-tue. Pour la première fois, elle veut vraiment qu'il tue. Elle sait qu'il tuera. Jérôme soutient le regard sans ciller. Il veut mourir et sait que ce regard y parviendra. Ses paupières s'engourdissent. Sa vue se brouille. Ses yeux se ferment doucement. Il prend une grande aspiration, son corps se raidit un instant. Puis il se détend. Ses yeux se rouvrent à demi. Ses yeux n'ont plus de regard. Jérôme est mort. Il a l'air apaisé, presque souriant.

Mélodie se recueille quelques instants, encore bouleversée par son redoutable pouvoir. Elle se détourne de sa première victime et tire le cordon d'appel, à côté du lit. Une infirmière entre peu après.

— Que se passe-t-il ? C'est vous qui avez appelé ?

— Oui. Je crois qu'il est mort.

L'infirmière se penche sur Jérôme, lui prend le pouls, procède à deux ou trois autres vérifications.

— Oui, il est mort. Comment est-ce arrivé ? Il y a un moment que vous êtes ici. Je vous ai vue entrer par la caméra, dans le vestibule.

— Je suis arrivée il y a un quart d'heure, environ. Il ne bougeait pas. J'ai cru qu'il dormait. Je me suis assise en attendant qu'il se réveille. Puis j'ai eu un pressentiment. J'ai mis mes doigts sur son cou. C'était encore chaud, mais on ne sentait pas battre le pouls. Alors j'ai appelé. Il a dû mourir juste avant que j'arrive.

— Vous le connaissiez ?

— Oui, un peu. C'était un ami d'enfance. C'était la première fois que je venais le voir ici.

— Pas de chance !

— Non, pas de chance.

— Je vais devoir vous demander de me suivre au bureau : j'aurai besoin de votre témoignage.

— Pas de problème.

Mélodie suit l'infirmière dans une petite pièce au sous-sol. Un bureau, une filière, un ordinateur, une armoire de pharmacie, au mur, ces inévitables panneaux qu'on retrouve dans toutes les cliniques : des noms de patients, de médicaments, des horaires.

Mélodie répond à quelques questions de routine : nom, adresse, téléphone, circonstances du décès.

Le médecin arrive, sans doute appelé par un appareil que Mélodie n'a pas aperçu. Il monte constater le décès, revient, pose quelques questions, l'air fatigué.

— Il était mort quand vous êtes entrée dans sa chambre ?

— Oui, je crois. Il ne bougeait plus.

— Pourquoi avez-vous appelé ?

— J'ai essayé de sentir son pouls en mettant mes doigts sur son cou, mais il n'y avait plus rien.

— Où avez-vous appris à faire ça ?

— À la télé, en regardant des films.

— Bien ! Au moins, ça vous aura servi à quelque chose de regarder des feuilletons. Comment êtes-vous venue ?

— En voiture.

— Comment allez-vous rentrer chez vous ?

— En voiture, je suppose.

— Pensez-vous être en état de conduire ?

— Pourquoi pas ?

— Vous avez vu un mort.

— Ça ne m'impressionne pas, docteur. Jérôme, de toute façon, allait mourir. Il m'a joué un tour en mourant un peu plus tôt que prévu, mais ça ne m'empêchera pas de rentrer chez moi.

— Qui était-il pour vous ?

— Un gars que j'ai connu quand j'étais plus jeune. Pas un ami intime, une connaissance. Quand j'ai appris qu'il avait le SIDA, j'ai décidé de venir le voir, pour le réconforter. Je suis arrivée un peu trop tard, voilà tout.

— Bon ! Je crois que vous êtes en état de conduire. Vous avez beaucoup de caractère, mademoiselle.

— Oui, je sais.

— Alors bonsoir. Il se peut qu'il y ait enquête. Un policier vous contactera pour vous poser quelques questions de routine.

— Pas de problème.

Mélodie sort du *Foyer des geais bleus*. Elle arpente pendant quelques minutes le trottoir faiblement éclairé par d'avares lampadaires. Puis elle prend le volant et démarre.


— Ah ! Te voilà, Mélo, enfin ! J'étais inquiet, tu ne peux pas savoir...

— Il n'y avait pas de raison, Olivier.

— Comment ça s'est passé ?

— En douceur. Il a très bien accepté. Au fond, il attendait juste mon pardon pour mourir.

— Mais c'est quand même toi qui l'as tué ?

— Oui, évidemment !

— Comment as-tu fait ? Le regard-qui-tue ?

— Oui.

— Pas de complications ?

— Non, pas vraiment. Un interrogatoire de l'infirmière de garde, puis un autre du médecin. J'ai dû laisser mon adresse. Peut-être qu'ils m'appelleront.

— Tu n'as pas peur ?

— Non, pourquoi ?

— Bientôt il y aura trois morts, Mélodie. Tu n'as pas peur qu'on fasse le rapprochement ?

— Mais qu'est-ce que tu crains, Olivier ?

— Je crains juste pour toi, Mélo.

— Même si j'avouais en cour que je me suis servi du regard-qui-tue, personne ne me croirait. Même si un juge me croit, il n'osera jamais me condamner. Il aura bien trop peur du ridicule.

— Je sais, Mélo, mais tu ne m'empêcheras pas d'avoir peur pour toi.

— Merci, Olivier, c'est une belle preuve d'amour. Mais c'est trop tard pour avoir peur. Nous sommes allés trop loin. Nous devons aller jusqu'au bout, maintenant. Trois meurtres ou un seul, ça ne fait pas une grande différence devant un jury.

— Si ça arrive, je serai avec toi.

— Non, Olivier. Je tue seule et si je suis jugée, je serai jugée seule.

— Je ne pourrai pas...

— Si, tu pourras ! Tu devras ! Un meurtre prémédité par un groupe de copains, ça va chercher loin, devant un juge. Une vengeance de femme violée, ça passera comme du beurre dans la poêle.

— J'aimerais en être sûr.

— Moi, j'en suis sûre. S'il le faut, j'en serai sûre pour deux ! Arrête de te faire du mauvais sang. Viens te coucher.

Cette nuit-là, l'amour de Mélodie et d'Olivier a connu une intensité qu'il n'avait jamais atteinte. Pour ça, il avait fallu tuer un homme. Il en restait deux autres à punir.

*Neuf*

# Deuxième victime

Les jeunes ont eu toute la semaine pour digérer la mort de Jérôme Dumas. Il faut maintenant se préparer à celle de Mathieu Lamarche.

— Il est bien vivant, celui-là. Ça ne sera pas aussi facile.

— Ça ne change rien, Pouding. La seule différence, c'est que je ne pourrai pas le tuer en votre présence. Je devrai faire en sorte qu'il meure peu après.

— Tu vas lui jeter un sort, Mélo ?

— Quelque chose dans ce genre-là, oui.

Les quatre amis sont réunis chez Mélodie. Ils sont très concentrés. Ils ont un peu joué aux Lettres, pour consolider leur lien. Ils sont prêts quand Mathieu arrive.

— Salut, lance-t-il timidement, avec un geste à la ronde. Il porte une veste de cuir et tient un casque à la main.

— T'es venu en moto ?

— Oui.

— Quelle sorte ?

— Ninja.

C'est un solide gaillard, un peu grasset, noir de cheveux. On le devine réservé, méfiant, même. Quelqu'un qui ne se livre pas facilement.

— J'ai apporté un *six-pack* et des CD, annonce-t-il pour dire quelque chose.

Il est gêné par les quatre regards braqués sur lui.

Sylf comprend qu'il faut créer une diversion pour le mettre à l'aise. Il risque de filer, sinon.

— Assieds-toi, Mathieu, et ouvre-toi une bière. J'en prendrais une, moi aussi. Fais voir tes disques. Tiens ! tu as amené *Grim Skunk*. Moi, ça fait longtemps que je l'ai écouté ! On écoute ?

— Oui, ça fait un bout de temps, moi aussi, approuve Olivier en s'efforçant de paraître enjoué.

— Je m'occupe de mettre le disque, lance Pouding qui cherche quelque chose à faire pour tromper sa nervosité.

Il s'empresse, lance la musique, avec le volume un peu trop fort. On écoute quelques minutes. Mathieu, raide dans son fauteuil, bat la mesure du pied. Pouding chante les paroles des chansons qu'il connaît par cœur. Olivier observe Mathieu du coin de l'œil. Mélodie et Sylf bavardent en ouvrant des paquets de croustilles et un pot de trempette. Elles s'efforcent de donner l'image de deux petites hôtesses bien ordinaires.

— On dirait qu'il y a quelque chose qui vous gêne. C'est à cause de moi ?

Mathieu a posé la question calmement, sans agressivité, comme quelqu'un qui veut simplement se renseigner. Mélodie sent que c'est le moment pour elle d'intervenir. Le garçon se doute de quelque chose.

— Tu ne nous gênes pas du tout, Mathieu. On t'a invité parce qu'on voulait te connaître.

— Il n'y a pas grand-chose à connaître !

— C'est ce que tu crois. Eh ! Pouding, baisse un peu le son ! On ne s'entend pas.

Pouding s'exécute et Mélodie prend place en face de Mathieu.

— On pourrait jouer à questions-réponses ?

— C'est quoi, comme jeu ?

— Chacun à son tour, on pose une question à qui on veut. L'autre est obligé de répondre.

— Bof ! si tu veux.

— Alors pose la première question.

— D'accord. Pourquoi tu m'as invité ce soir ?

— À qui poses-tu la question ?

— Euh... à Olivier, puisque c'est lui qui m'a invité.

— Je t'ai invité pour mieux te connaître. Bon, à moi, maintenant. Mélo, que penses-tu de notre invité ?

— Il a l'air gêné. Ce n'est pas grave, on va le mettre à l'aise, ce ne sera pas long. À mon tour : Mathieu, que penses-tu du viol ?

— Le viol ? Je suis contre, bien sûr ! Pourquoi cette question ?

— Tu viens déjà de poser une question, intervient Sylf. À qui la poses-tu ?

— À toi, puisque tu me le demandes.

— Pourquoi cette question ? Parce que, nous aussi, on est contre. À moi, maintenant. Comment t'aimes ça, les Westfalia ?

— Les quoi ?

— Les Westfalia. Tu sais bien, les petites camionnettes Volkswagen.

— Je n'ai rien contre ! Je ne comprends pas la question ! Qu'est-ce ça vient faire ici ?

— Tu n'as pas eu un copain qui avait un Westfalia, il y a trois ans ? demande Mélodie.

— Ça se peut bien ! Je ne me souviens plus ! Hé ! C'est encore un jeu ou un interrogatoire ?

— En fait, ça n'a jamais été un jeu, Mathieu, dit Mélodie en se levant. C'est bel et bien un interrogatoire. Raconte-nous donc ce que tu as fait, il y a trois ans, dans un Westfalia, avec Yannick et Jérôme ?

— Je n'ai rien fait ! Je ne sais pas de quoi tu parles !

Mathieu se lève et se dirige vers la porte.

— Yannick a avoué, dit Sylf.

— Jérôme aussi, lance Pouding.

— Et il est mort, ajoute Mélodie.

Mathieu fait volte-face et dévisage Mélodie.

— Jérôme est mort ? Depuis quand ?

— Depuis une semaine, répond Mélodie. J'ai été le voir au *Foyer des geais bleus.* Il a tout avoué. Il a demandé pardon et il est mort. Tu ferais mieux de te rasseoir, Mathieu.

Elle le prend par le bras et le reconduit à son fauteuil. Il a le souffle court et l'œil hagard. Il s'assoit.

— Voilà, dit Mélodie. Assieds-toi et détends-toi. Nous voulons simplement te parler. Pour le moment...

— C'était il y a longtemps. J'étais jeune. Je n'avais pas de blonde. C'est Yannick qui a tout organisé.

— Je sais. Toi, tu ne voulais pas ?

— Non, je ne voulais pas !

— Puis tu as vu faire Yannick et tu as voulu faire la même chose.

— Comment le sais-tu ?

— J'y étais.

— Comment ça, t'y étais ? Tu veux dire...

— Oui, Mathieu, c'était moi, la fille, dans le Westfalia.

— Oh ! Bon Dieu ! Alors, l'invitation, c'était un piège ?

— Non, dit Olivier. Je te l'ai dit : on t'a invité pour mieux te connaître.

— Qu'est-ce que vous allez me faire ?

— Ici ? Rien. Tu pourras partir quand tu voudras.

Mais Mathieu ne semble pas prêt à partir. Il dévisage les autres un à un, semble plusieurs fois sur le point de dire quelque chose, se ravise chaque fois.

— Je sais ce qui te tracasse, dit Mélodie. Tu penses que je t'en veux.

— Oui, avoue Mathieu. Ça serait normal !

— Détrompe-toi, Mathieu, je ne t'en veux pas. Je t'ai pardonné depuis longtemps.

— Mais alors pourquoi...

— Je t'ai pardonné, Mathieu, mais ça ne veut pas dire que tu ne seras pas puni.

— Comment ça, puni ? Vous allez...

— Non, Mathieu, nous n'allons pas t'assassiner. Mais tu vas mourir quand même !

— Mourir ? Mais comment ? Quand ?

— Comment ? Simplement par ma volonté. Quand ? N'importe quand, aussitôt que tu seras sorti d'ici.

— Mourir par ta volonté ? Je ne te crois pas ! Tu te prends pour une sorcière ?

— Non. Je SUIS une sorcière.

— Toi, une sorcière ? Je ne te crois pas !

— Les sorcières, Mathieu, n'ont pas toutes un chapeau pointu et un balai volant. Mais elles ont toutes des pouvoirs redoutables.

— Je vais sortir d'ici ! J'en ai assez de cette histoire de fous !

— Sors si tu veux, mais sache bien qu'ici, il ne peut rien t'arriver. Aussitôt sorti, la mort sera à tes trousses.

Mathieu est debout. Il a ramassé sa veste de cuir et son casque. Il hésite cependant.

— Je vais partir bien tranquillement et je sais que rien ne m'arrivera.

Mélodie a les yeux fermés. Elle parle d'une voix rauque qu'on ne lui connaît pas.

— Tu peux partir, Mathieu, mais tu n'arriveras pas vivant chez toi. Tu finiras la soirée à la morgue. Regarde-moi. Je suis dans un autre monde. Je te vois, dans quelques minutes. Tu auras un accident. On te ramassera au bord du chemin. L'ambulance viendra. On t'emmènera à la morgue. Tu ferais mieux de me demander pardon, comme Jérôme. Lui aussi, il est mort, Jérôme.

— Il avait le SIDA !

— Il n'est pas mort du SIDA. Il est mort par ma volonté.

— Je n'ai pas de pardon à demander. C'est Yannick qui a tout arrangé.

— Lui aussi mourra.

— Je ne crois pas à toutes tes niaiseries ! Ouvre donc tes yeux, que je voie au moins à qui je parle !

Mélodie ouvre les yeux. Elle a le regard-qui-tue. Mathieu le soutient un instant, puis baisse les siens, ramasse ses affaires et sort. On entend démarrer la Ninja.

Mathieu est en proie à une curieuse exaltation. Il a eu très peur, surtout quand il a vu les yeux de Mélodie. Il a cru, jusqu'à sa sortie, qu'on allait lui jeter un mauvais sort. À présent, la joie le submerge. Il se sent vivre !

Mélodie a la tête levée vers le plafond, les yeux fermés. Elle tremble un peu.

— Je le vois. Éteignez la musique. Ne dites rien. Je le vois. J'entends aussi le moteur. Il roule vite... Il est encore dans le rang... Je vois maintenant la route avec ses yeux... Il rit en-dedans de lui-même. Il a échappé à la mort. Plus rien ne peut l'atteindre... Il freine derrière un camion. Ça dérape, il allait trop vite. Il ne peut arrêter. Il dépasse en accélérant. Il est passé... Il arrive à la grande côte, là où il y a une grande maison en pierre, en haut. Je vois la maison. Il accélère encore... Il arrive en haut de la côte. Il redescend... Il y a une voiture en train d'en dépasser une autre. La route est bouchée... Il freine. Il évite l'obstacle... Il perd le contrôle. Le fossé est large... et profond. Il plonge... Aaah !

La tête de Mélodie retombe sur sa poitrine. Olivier se précipite.

— Elle est morte ! crie Pouding. Elle est morte en tuant Mathieu !

— C'est elle qui conduisait la Ninja ! dit Sylf. Je l'ai bien senti. En faisant un accident, elle s'est tuée aussi !

— Taisez-vous, dit calmement Olivier. Mélo n'est pas morte. Elle est seulement sans connaissance. Aidez-moi à la coucher.

On l'allonge sur le sofa. Elle tremble et respire avec peine. On lui baigne le visage à l'eau froide. Elle claque des dents, l'écume aux lèvres.

— Vos mains, dit Sylf. Posez vos mains sur elle. Transmettez-lui toute votre énergie.

— Sylf a raison, dit Olivier. Dites-lui de revenir.

Mélodie cligne des paupières. Elle respire profondément. Elle se redresse, le regard perdu devant elle.

— Je le vois encore. Il est tout brisé. Les deux voitures sont passées. Personne n'a rien vu de l'accident. Quelqu'un sort d'une maison... Un homme, avec un chien... Il s'approche de Mathieu. Il voit le sang. Il recule... Il revient, s'approche, le retourne. Il siffle son chien et rentre dans la maison en courant... Il téléphone... Il ressort sans son chien et attend au bord du chemin.

Mélodie reprend possession d'elle-même. Elle se lève et fait quelques pas, les yeux toujours dans le vague.

— Ça va, Mélo ?

— Oui, Sylf, ça va. Mais il ne faut pas me distraire. Je veux voir jusqu'au bout.

Dix minutes passent. Mélodie s'est rassise et a repris sa position, la tête levée, les yeux fermés. Ses amis lui tiennent les mains sans rien dire.

— Vous auriez dû me toucher dès que j'ai commencé à voir. C'est tellement plus facile, avec votre force à tous ! Ne me laissez plus jamais faire ça toute seule.

— On ne savait pas...

— Non, je sais, c'est de ma faute. J'aurais dû comprendre. Attendez ! Il y a une voiture qui s'arrête au bord du chemin. Sûrement un journaliste. Un homme avec un appareil photo qui prend des clichés et pose des questions. Ah ! L'ambulance arrive. Deux ambulanciers en sortent et courent... Ils auscultent Mathieu. J'entends leurs paroles :

— Pas la peine de se dépêcher, dit l'un. Celui-là, on ne peut plus rien faire pour lui.

— Blessé comme il est, ça m'aurait surpris, dit l'homme.

— J'appelle l'hôpital, dit l'autre.

Mélodie se tait. Elle reste encore quelques minutes dans la même position, puis se détend. Elle ouvre les yeux et sourit.

— Merci, les amis, c'était un dur moment à passer. Toute seule, je n'en serais pas sortie.

— Raconte-nous la fin, demande Pouding.

— Ils ont emmené le corps à la morgue. Ils ont fouillé ses poches pour trouver ses papiers. Ils ont appelé chez lui, sans réponse. Demain, ils retraceront sa famille. Le médecin de garde l'a examiné. Il a constaté le décès. On a vidé les poches de Mathieu et placé tous ses objets dans un sac en plastique. L'employé de la morgue a fait une farce en découvrant un gramme de cocottes de marijuana. On a mis le corps dans une espèce de sac, puis dans un tiroir. Un genre de réfrigérateur.

— Il faudra acheter le journal, demain, dit Olivier. On aura les détails.

— On les a déjà eus ! coupe Pouding.

— Oui, mais pas la suite : article de journal, annonce mortuaire et tout le reste.

— J'irai à l'enterrement, déclare Pouding. Je veux le voir descendre dans son trou.

— Moi aussi, j'irai, ajoute Sylf.

— Nous irons tous, conclut Mélodie. Mais reposons-nous, maintenant. Moi, je suis crevée !

— Tu as raison, Mélo, dit Olivier. Il faut reprendre des forces. Il en reste encore un à punir.

— Celui-là, ça sera le gros morceau, ajoute Sylf. Mais on l'aura quand même. On a pris de l'expérience.

DIX

# Funérailles orageuses

**LA ROUTE FAIT UNE VICTIME.**
*Par Alain Courtemanche.*
*Hier soir, vers 22 h, un jeune homme de 19 ans a perdu la vie dans un accident n'impliquant aucun autre véhicule. Un résident du rang Joséphine, à Sainte-Esclarmonde, M. Zénobe Marchessault, nous a dit avoir entendu une moto arriver à grande vitesse. « Je me suis dit : encore un jeune qui va se tuer ! » nous a-t-il déclaré. À peine achevait-il sa phrase, qu'il entendit le bruit de l'impact, tandis que cessait celui du moteur. M. Marchessault est aussitôt sorti de chez lui, pour constater qu'un motocycliste s'était écrasé, avec sa machine, dans le fossé, large et profond, jouxtant la route à cet endroit. Les ambulanciers de la compagnie Y.C.S. Ambulances inc. n'ont rien pu faire pour ramener à la vie le corps disloqué du jeune homme, qu'ils ont aussitôt emporté à l'Hôpital Général de Sainte-Esclarmonde, où le médecin de garde n'a pu que constater le décès. Plus tard dans la nuit, la victime a été identifiée comme étant M. Mathieu Lamarche,*

résidant à Bois-Rouge. *Les parents de l'accidenté ont été rejoints et le père, M. Philias Lamarche, a reconnu le corps.*

*« Il roulait trop vite, nous a-t-il confié, effondré, en quittant la morgue. Je lui ai dit mille fois, mais il n'en faisait jamais qu'à sa tête. J'espère au moins que son accident servira d'exemple et empêchera d'autres jeunes de se tuer comme lui. »*

Sylf achève de lire l'article, publié à la page 7 du journal local. Elle a réuni ses amis chez elle, ce lundi soir, pour analyser la situation.

— Voilà ! commente Pouding. Le tour est joué. Ça passe comme un vulgaire accident.

— Regarde s'il n'y a pas d'annonce mortuaire, demande Mélodie.

— Oui, y en a une. Je vous la lis ?

— Oui, vas-y.

— Le 19 avril, à l'âge de 19 ans, 7 mois et 11 jours est décédé accidentellement M. Mathieu Lamarche. Il laisse dans le deuil, etc. etc. Le défunt sera exposé mercredi, le 22 avril, à la *Résidence funéraire Latendresse Ltée*, 317, rue Principale, à Bois-Rouge. Les funérailles se dérouleront en l'église Sainte-Marie, jeudi à 13 heures, suivies de l'inhumation au cimetière de ce village.

— Je ne manquerai pas ça, dit Mélodie.

Ses amis, comme convenu, promettent de l'accompagner.

Suit un moment de silence. Le genre de silence un peu gêné de ceux qui ne savent plus quoi dire. C'est toujours comme cela quand on vient de franchir une étape et qu'on n'a pas encore entamé la suivante.

C'est un beau jeudi de printemps, au soleil superbe. Mélodie et ses amis sont au cimetière, un peu à l'écart de la cérémonie. C'est le premier enterrement auquel assiste Mélodie.

Une chose l'intéresse beaucoup plus que la mise en terre. Elle a remarqué la présence de Yannick.

— Tu as vu, Sylf ?

— Oui ! Lui aussi nous a repérés.

— Il ne faut pas qu'il parte avant nous. Je veux lui parler.

— Bonne idée. Allons nous placer près de l'entrée. Il n'y en a qu'une, il devra bien passer par là. Venez, on a mieux à faire que de rester plantés là !

En cheminant vers le portail, les quatre amis se hâtent de dresser un plan. Les gens, peu après, commencent à sortir. Yannick traîne, pas pressé, dirait-on. Il se mêle à un petit groupe et s'approche à son tour.

— Yannick ! lance Sylf.

— Oui, quoi ?

Il a sursauté. Il paraît nerveux.

— On veut te parler.

— Je n'ai rien à dire. Je suis venu enterrer un de mes copains.

Il s'est pourtant rapproché du groupe. Il a l'œil fuyant, l'air mauvais.

— Tu n'as peut-être rien à nous dire, mais nous, il faut qu'on te parle.

— Alors en vitesse ! Je n'ai pas que ça à faire !

— On voulait juste te dire, poursuit Mélodie, que ça fait deux.

— Comment ça, deux ?

— Jérôme, puis Mathieu.

— Qu'est-ce qu'il a fait, Jérôme ?

— Il est mort le premier. Je l'ai tué.

— Ah ! Parce qu'il est mort, Jérôme ? Pas surprenant ! En tout cas, s'y est mort, c'est à cause du SIDA. Tant pis pour lui, il n'avait qu'à se protéger !

— Tu l'as fait, toi, quand tu m'as violée ?

— Ça ne va pas recommencer, les contes à dormir debout ! J'ai déjà dit à Sylf que je ne voulais plus en entendre parler !

— Il va pourtant falloir qu'on s'en parle une bonne fois.

— Pas question ! Je n'ai rien à voir là-dedans ! Jérôme, il est mort de sa maladie, un point, c'est tout !

— Non, il est mort à cause de moi. Et Mathieu aussi, c'est moi qui l'ai tué.

— Ah oui ? Et comment as-tu fait ? Je ne te crois pas !

— Quand ce sera ton tour, tu comprendras.

— Tu leur as jeté un sort, peut-être ? Pour qui te prends-tu ? Pour une sorcière ?

— Exactement.

— Arrête-moi ça, tu vas me faire peur ! ricane-t-il.

— T'as déjà peur.

— Pas une sacrée miette !

— Alors viens discuter avec nous, chez moi, demain soir. On t'expliquera. Bien sûr, si tu as trop peur, on comprendra...

— Je vais y aller, à ta petite soirée, juste pour te montrer que tu ne m'impressionnes pas. Mais j'aurai quelqu'un avec moi, comme ça, si vous tentez de me faire un mauvais coup...

— Comme tu voudras. Sept heures, demain soir.

— Ça sera la dernière !

— Je le crois aussi. Mais pas pour les mêmes raisons.

On ne peut pas dire que Mélodie et ses amis soient particulièrement sûrs d'eux, vendredi soir, en attendant la visite de Yannick.

— Pensez-vous qu'il viendra ? s'inquiète Mélodie.

— Ça, oui, affirme Sylf. Ce gars-là, c'est un macho. S'il ne venait pas, il serait humilié à mort, rien qu'à l'idée qu'on puisse croire qu'il a peur.

— Il a dit qu'il amènerait quelqu'un avec lui. Ça ne risque-t-il pas d'être dangereux ? demande Pouding. Ils ont peut-être préparé un mauvais coup ?

— Rien à craindre, dit Olivier. Nous sommes quatre, et il y a les parents de Mélo en haut. Il serait fou d'essayer de nous faire quelque chose.

— N'empêche, dit Mélodie, je n'aime pas l'idée qu'il vienne avec quelqu'un d'autre. J'imagine le genre de *bum* que ça va être ! Et puis ça fera un témoin gênant.

— Arrêtez de vous faire du souci, tranche Olivier. Si le *bum* nous dérange, je m'arrangerai bien pour nous en débarrasser !

— Comment vas-tu faire ? questionne Pouding.

— Tu as confiance en moi ?

— Oui, bien sûr.

— Alors laisse-moi faire

Ils ne peuvent en dire plus. La sonnette de la porte d'entrée vient de leur imposer le silence. On entend la voix de Yannick. Pas un bonjour. Seulement une question.

— Mélodie est là ? Faut que je lui parle.

— Elle est en bas, répond la voix de Gasse. La porte à ta gauche.

Yannick pénètre dans le sous-sol. Il tient un *six-pack*. Il est suivi d'une fille.

— Ça, c'est ma blonde, dit-il en la désignant du pouce, par-dessus l'épaule. Elle est aussi mon témoin. Je lui ai conté toute votre histoire. O.K., Bébé, tu peux remonter. N'oublie pas, tu fais comme je t'ai dit !

Sans un mot, la fille remonte et sort de la maison.

— Je lui ai dit de rester dans mon Westfalia ; moteur allumé et portes barrées. Si, dans quinze minutes, elle me voit pas ressortir, elle démarre et va prévenir les flics ! Il n'y a pas seulement Sylf qui est capable de se trouver des témoins !

Il s'assoit sur le sofa, se débouche une bière sans, bien sûr, en offrir aux autres.

— On voulait juste te dire... commence Mélodie.

— Je ne veux pas le savoir ! Là, à cette heure, c'est moi qui parle ! Vous autres, vous allez m'écouter. Bien attentivement, parce que je n'ai pas l'intention de répéter !

— Je sais ce que tu vas dire, coupe Mélodie.

— Ah ! Ouais ! Dis toujours, que je rigole !

— Tu vas dire que tu m'as rien fait, il y a trois ans, que t'as rien à te reprocher et que tu comprends rien à nos histoires.

— C'est en plein ça ! Jérôme, il est mort du SIDA et Mathieu a eu un accident.

— Maintenant, ça va être ton tour.

— Je voudrais ben voir ça !

— Pas de problème. Tu verras.

— Je ne verrai rien du tout ! Je n'ai rien fait, je suis bien vivant et j'ai l'intention de le rester ! Compris ?

— Tu parles fort, Yannick, dit doucement Sylf. On voit bien que tu as peur.

— Moi ? Peur ?

— Tu as la main qui tremble, constate Pouding.

— Si j'ai la main qui tremble, ti-gars, c'est parce que je suis en maudit de perdre mon temps avec quatre nonos qui se prennent pour des sorciers !

Il cale sa bière et s'en débouche une autre. Ses gestes sont saccadés. Ses yeux vont de l'un à l'autre, sans repos.

— Si tu es fatigué, dit Olivier, tu n'as qu'à t'en aller.

— Tu as bien raison ! Je finis ma bière et je lève les pieds !

— Ta bière, c'est rien qu'un prétexte ! Tu es venu et tu restes parce que tu veux savoir comment tu vas mourir !

— Toi, le petit, tu as de la chance de pas être seul avec moi. Tu aurais droit à la volée de ta vie ! Mais je ne suis pas venu pour la bagarre ! Alors, puisque tu causes si bien, dis-moi comment je vais mourir.

Il se débouche une troisième bière et en avale la moitié.

— Tu n'as pas besoin de savoir, intervient Mélodie. Tu vas mourir, un point, c'est tout. Tu ne verras pas l'automne.

Elle lui lance un regard qui lui fait baisser les yeux.

— Si tu as d'autres questions, dit Olivier, dépêche-toi. Les quinze minutes achèvent.

— Je cale celle-là et je m'en vais.

— Si tu es si sûr de toi, insinue Pouding, tu n'as qu'à laisser passer le délai. Ta blonde reviendra avec les flics, et laisse-moi te dire qu'ils n'ont pas fini de rigoler ! Ils arrivent, croyant au meurtre, et te trouvent assis sur le sofa en train de boire une bière avec tes copains. Que répondras-tu à leurs questions ? Que tu es venu volontairement ici pour qu'on te jette un sort ?

— Pas moyen de discuter avec vous autres.

Il remet sa bouteille vide dans la caisse et se lève.

— De toute façon, j'étais juste venu vous prévenir : lâchez-moi une bonne fois pour toutes ! N'essayez pas de me faire un coup par en arrière ! Je suis sur mes gardes et je vous surveille. Le premier qui fait une gaffe, je lui fais son affaire ! Salut, les sorciers !

— Laisse conduire ta blonde, tu n'es pas en état. Ça m'ennuierait que tu aies un VRAI accident, lance Mélodie.

Yannick ne relève pas le sarcasme. Il monte l'escalier presque en courant. On entend claquer la porte d'en-haut.


Gasse descend l'escalier et vient aux nouvelles.

— Qui étaient ces deux-là, Mélodie ? Ta mère et moi, on trouve que tu invites de drôles d'amis.

— Ne t'en fais pas, Gasse, ce n'étaient vraiment pas des amis. La fille, on ne la connaît pas. Le gars, c'est juste un sale type avec qui on voulait avoir un entretien.

— Ça n'a pas été long.

— Non. On a dit ce qu'on avait à dire. Ne te tracasse pas : il ne reviendra plus jamais.

— J'aime autant ça. Ou alors, apprends-lui à dire bonjour. Je peux t'aider ?

— Non, Gasse, vraiment pas. C'est tout réglé. Tu n'en entendras plus parler.

— Moi, je veux bien, mais ta mère s'inquiète.

— Dis-lui que c'est une petite chicane de jeunes. Sans importance. Demain matin, elle n'y pensera plus.

— Bon ! Je vais essayer. Mais, s'il te plaît, ne nous en amène pas trop souvent des comme ça.

— Impossible qu'on en amène d'autres, dit Olivier. Moi non plus, je ne serais pas d'accord.

— Si tu le dis ! Mais j'aimerais quand même bien savoir ce qui se passe.

— Tu le sauras, Gasse, répond Mélodie. Tu le sauras bientôt. Je te promets.

— Bon, alors je vous laisse. Mais n'oublie pas ta promesse, Mélodie. Et ne fais pas de bêtises sans m'en parler.

— Promis !

*Onze*

# Un corps
# qui se dissout

Le jeu des Lettres a marché très fort, ce soir-là. Tout ce qu'on voulait savoir, c'était l'état d'esprit de Yannick. On l'a su. On s'en doutait, d'ailleurs.

— Est-ce que Yannick a peur ?

Oui.

— Est-ce qu'il a très peur ?

Oui.

— Est-ce qu'il est en pleine panique ?

Oui. Oui. OUI !

— Est-ce qu'il a l'intention d'agir ?

Oui.

— Va-t-il attaquer le premier ?

Non.

— Il va surveiller, alors ?

Oui.

— Qui va-t-il surveiller ?

Mélo.

— C'est tout ce que je voulais savoir, conclut cette dernière. Nous avons réussi à l'effrayer. Il n'osera rien faire, mais il va nous surveiller pendant quelque temps, moi en particulier. Sylf, sait-il que je vais souvent dans le bois ? Et à quelle heure ?

— Oui, je crois bien. Il t'a vue sortir du bois à l'aube, une fois qu'il rentrait chez lui après avoir travaillé de nuit. Il me l'a raconté.

— Je suis sûre qu'il va essayer de me suivre dans le bois.

— Pour te faire un mauvais coup ?

— Pas sûr. Mais il faudra que je fasse attention.

— N'y va jamais seule, conseille Olivier.

— Il va falloir que je le fasse. C'est certain que si nous sommes quatre, il ne se montrera même pas.

— Si tu te retrouves seule avec lui, que vas-tu faire ?

— Je ne sais pas. Demain, je saurai. Ce soir, je visionnerai Yannick et mon séjour dans le bois. Je verrai sûrement quelque chose. Je serai en contact avec Chamane. Elle me guidera.

— Tu lui parles vraiment, quand tu visionnes ? demande Pouding.

— Non, pas vraiment. Mais elle est là. Je la sens. Elle dirige mes pensées et me fait découvrir des choses. Par exemple, si elle permet à Yannick de me suivre dans le bois, c'est parce que je ne cours aucun risque.

— Et si elle ne veut pas que Yannick y aille ?

— Il n'ira pas. Ne me demande pas comment ça se fait : c'est comme ça.

— Donc, tu n'as rien à craindre ?

— Absolument rien. Aucun doute là-dessus.


Mélodie, pour la première fois de sa vie, a vu. VU comme avec ses yeux et entendu. Elle est restée immobile, dans le noir, pendant plus d'une heure, avant de s'endormir. Elle a vu non seulement ce qui est en train de se passer, mais ce qui se passera demain. Elle s'est assoupie dans un grand calme.


Mélodie s'est levée bien avant le premier chant du merle d'Amérique. Elle n'a pas déjeuné. Elle a juste bu un peu d'eau de la Fontaine, qu'elle avait ramenée dans une bouteille. Elle en fait toujours provision, pour être sûre d'en avoir chaque jour. Ça lui donne la force en attendant d'aller se ressourcer.

Depuis la veille, elle entend avec une acuité qu'elle ne connaissait pas. Tous les bruits lui parviennent, parfaitement nets, et elle les distingue les uns des autres. Elle a très bien perçu le son caractéristique d'un moteur de Westfalia. Il s'est arrêté. Une portière a claqué.

Renarde l'attend, nerveuse. Elle ne prend pas le temps d'humer la présence ni d'écouter le son de sa voix. Elle file par le chemin des jours d'angoisse, le chemin qu'elle seule connaît.

Je sais, pense Mélodie. Je ne suis pas seule.

Pour confirmer son pressentiment, un geai bleu se met à trompetter derrière elle. Un intrus. Elle dépose son offrande devant le terrier. Renarde ne se montre pas. Il y a de l'inquiétude dans l'air.

Mélodie franchit l'escarpement et se rend à la Fontaine. Quelques menues réparations. Elle se baigne. Des pas maladroits font craquer le sous-bois. Mélodie ne les entend pas. Elle a les oreilles sous l'eau. Elle écoute le murmure de la Terre. Le murmure la rassure.

Quand elle sort la tête de l'eau, une voix résonne derrière elle.

— Ne me dis pas que tu es venue ici, à l'aube, juste pour prendre un bain !

— Non. Je t'attendais.

— Comment ça, tu m'attendais ? Je n'ai pas fait de bruit ! D'ailleurs, tu ne te serais pas déshabillée !

— Ma nudité ne me gêne pas. D'ailleurs, mon corps, tu le connais déjà, ajoute-t-elle d'une voix douce. Je savais depuis hier soir que tu viendrais.

Mélodie sort de l'eau et se sèche.

— Tu ne pouvais pas savoir ! Je ne l'ai dit à personne !

— Je sais, mais tu as pensé. J'ai entendu tes pensées. Tu t'es dit : « C'est pas le moment de m'énerver et d'avoir un accident, comme Lamarche ! » Tu es rentré chez toi en conduisant prudemment et tu as réfléchi. Tu as décidé de me surveiller à toute heure du jour. Tu as compris que j'avais des pouvoirs et tu as pensé que mes pouvoirs avaient quelque chose à voir avec l'endroit où nous sommes. Bon raisonnement. J'ai aussi été prévenue de ta présence par un renard et un geai bleu. De plus, ton Westfalia n'est pas silencieux.

— Tu n'es pas en colère ?

— Non. Je t'ai pardonné depuis longtemps.

— Bon ! Alors c'est fini, tes histoires de vengeance ?

— Non, ce n'est pas fini. Tu vas mourir.

— Bon ! Voilà que ça recommence ! Comment fais-tu pour avoir tes prétendus pouvoirs de sorcière ?

— L'eau de la Fontaine. Je la bois et je m'y plonge.

— Admettons ! Tu sais ce que je vais faire ? Ben moi aussi, je vais en boire. Moi aussi, je vais me baigner. Comme ça, j'aurai les mêmes pouvoirs que toi, et tu ne pourras plus rien me faire !

— Tu n'as pas la permission.

— Je me la donne, la permission ! Après ça peut-être que tu comprendras que tu as rêvé et tu me ficheras la paix !

— Tu n'as qu'à essayer.

— Certain, que je vais essayer ! Tu vas voir !

Yannick s'approche de la margelle, puise l'eau à deux mains et la porte à ses lèvres.

— Ouache ! C'est dégueulasse ! Ça brûle ! dit-il en recrachant. C'est bien ce que je pensais. Faut être fou pour boire cette cochonnerie-là !

— C'est parce que tu as peur.

— Tu vas voir si j'ai peur ! Moi aussi, j'ai le goût d'un p'tit bain matinal.

Il se débarrasse de ses vêtements et se jette dans l'eau en projetant des éclaboussures. Il éclate de rire.

— Tu vois, Mélodie, moi aussi, je suis un sorcier, maintenant ! Moi aussi, je vois des choses bizarres. Par exemple, je vois la dérouillée que tu vas prendre dans deux minutes si tu ne fiches pas le camp. Rentre chez toi et ne m'ennuie plus jamais !

— Ce n'est pas comme ça qu'il faut se baigner dans la Fontaine.

— Bon ! V'là autre chose ! C'est comment, qu'il faut faire ?

— Plonge tes oreilles dans l'eau et écoute.

— Si ça peut te faire plaisir ! Tu m'auras vraiment fait faire toutes les folies, ce matin ! Mais tu ne perds rien pour attendre !

Yannick plonge les oreilles dans la Fontaine. Il semble surpris quelques instants, puis manifeste un étonnement de plus en plus grand. La peur s'imprime peu à peu sur sa figure. Ses yeux se ferment. Ses bras sortent de l'eau. Ses mains cherchent le bord de la Fontaine. Ne le trouvent pas. Retombent. La tête glisse lentement et disparaît dans l'eau. Quelques bulles s'échappent de ses lèvres. Mélodie se penche. Plus aucune ride ne trouble la surface. Le visage de Yannick reflète une grande tranquillité.

— Heureusement que je me suis baignée avant vous !

— Chamane ! Tu étais là ?

— Bien sûr, petite. Je ne pouvais pas te laisser faire ça toute seule.

— Qu'est-ce qui est arrivé ?

— Le murmure de la Terre lui a dit de se préparer à mourir, et l'eau de la Fontaine l'a paralysé. Il ne s'est guère débattu : il a accepté sa mort. Il est en paix.

— Moi aussi. Merci, Chamane. Mais qu'est-ce qu'on va faire du corps ?

— La Fontaine s'en chargera. Regarde.

Le corps n'a déjà plus de peau. Des lambeaux de chair s'écoulent par la sortie de la vasque. On voit pointer l'os d'une épaule, qui lui aussi se dissout lentement.

— Dans sept heures, il n'en restera rien. Ses particules iront nourrir les plantes du marécage, et les rats musqués se nourriront des plantes. Rien ne sera perdu.

— Si quelqu'un arrivait ?

— Tu sais bien qu'il ne trouverait jamais la Fontaine.

— Yannick l'a trouvée !

— Parce que je le voulais. Prends ses vêtements et jette-les dans la Fontaine. Il ne doit rien rester.

Mélodie obéit et Chamane l'invite.

— Viens chez moi, maintenant.

— Où est-ce chez toi ? Tu ne m'as jamais montré.

— Mais c'est là, Mélo, dit la vieille en tendant le bras.

Il y a une cabane. Mélodie ne l'avait jamais vue. Chamane devine son étonnement.

— Non, tu ne l'avais jamais vue. C'était trop tôt.

Les deux femmes entrent. La cabane est en rondins, soigneusement entretenue. L'intérieur est propre et rangé. Une table et deux bancs en pin, quelques bols et assiettes en bois ou en argile, deux chaudrons de cuivre, des fourrures et des peaux. Le lit est un cadre de troncs de bouleaux tendu d'une peau d'orignal. Un coffre de cèdre abrite les vêtements de Chamane. Un poêle de fonte sert au chauffage et à la cuisine.

— Cette maison sera bientôt la tienne, petite Mélo.

— Devrai-je y vivre ?

— Non, petite. Plus tard. Seulement quand tu en ressentiras le besoin.

— Mais toi, où iras-tu ?

— Je vais disparaître.

— Mais Chamane, j'ai encore tellement de choses à apprendre !

— Ce n'est pas à moi de te les apprendre. Je t'ai montré l'essentiel. À toi de découvrir le reste. Tu

**118**

ne me verras plus. La maison aussi va disparaître aussitôt que tu seras partie. Elle reviendra pour toi le jour où tu seras prête à t'y retirer. Continue à bien prendre soin de la Fontaine...

# TABLE DES MATIÈRES